KB028882

집안일이 귀찮아서
미니멀리스트가 되기로 했다

할 일은 끝이 없고, 삶은 복잡할 때

집안일이 귀찮아서
미니멀리스트가 되기로 했다

글·그림 에린남

상상출판

나 스스로 미니멀리스트라고 불러도 될까?

✕

처음부터 미니멀리스트인 사람이 어디 있겠어.
정 찔리면 초보 미니멀리스트로 하자!

내가 미니멀리스트가 되기로 한 이유

 퇴근하고 돌아온 남편과 함께 저녁을 먹는다. 갓 지은 따뜻한 밥, 제육볶음, 달걀 세 개, 김 그리고 김치가 오늘의 저녁 식사 메뉴다. 단출해보여도, 초보 주부에게 이 정도면 진수성찬이다. 남편은 연신 맛있다고 칭찬했고, 나도 직접 만든 음식에 감탄한다. 지금 이 순간만큼은 식사를 준비한 노력과 시간도, 끝나고 찾아올 집안일도 떠올리지 않는다. 그저 짧은 저녁 식사를 즐길 뿐이다.

 식사가 끝나자마자 깨끗하게 비워진 식기들을 싱크대로 옮겼다. 나는 기분 좋게 콧노래를 부르며 고무장갑을 꼈다. "설거지는 내가 할게"라는 남편의 말을 산뜻하게 거절한 뒤였다. 수세미에 세제를 듬뿍 묻힌 뒤, 기름이 잔뜩 묻은 그릇을 벅벅 문지르기 시작했다. 두 번째 그릇까지도 분명 괜찮았다. 그런데 세 번째 그릇을 잡아드는 순간부터 어느새 콧노래가 짜증 섞인 한숨 소리로 변해 있었다. 좁은 싱크대에 가득 찬 설거짓거리 때문인지, 아니면 밥을 먹자마자 설거지를 시작한 것이 후회되는지, 나도 정확히 내 마음을 알지 못했지만 확실한 것은 기분이 안 좋다는 사실이었다. 못 이기는 척 남편에게 설거지할 수 있는 기회를 줬어야 했다. 당장이라도 고무장갑을 내던지고 싶었지만 한번 시작한 설거지는 계속되어야 했기에 애써 참아냈다.

싱크대 주변의 물기를 닦은 행주까지 빨아 널어두니 어느새 40분이 지나 있었다. 설거지는 끝났지만 기분이 나아지지는 않았다. 화장실 들어갈 때와 나올 때 다르다더니, 나는 부엌으로 들어갈 때와 나올 때가 달랐다. 게다가 거실 소파에 앉아 있는 남편이 괜히 괘씸하고 얄미워져서 이런저런 불만을 토해냈다. 분명 설거지한다는 것을 말린 사람은 나였는데, 까맣게 잊고 남편에게 못되게 굴었다. 화기애애한 저녁 시간을 보내다가 설거지 하나로 부부싸움이 시작됐다. 문제는 이런 일이 자주 일어난다는 거였다. 돌이켜보니 이유는 간단했다. 내가 집안일을 싫어했기 때문이었다.

결혼을 한 남편과 나는 먹고 살아가기 위해 집안일을 해야 했다. 공평하게 살림을 분담하기로 했지만 남편은 출근을 했고, 집에 머무르는 시간이 많았던 내가 집안일 대부분을 도맡아서 했다. 결혼 초기에는 우리가 가진 물건의 양이 적었던 터라 집안일이 어렵게 느껴지지 않았다. 하지만 살림살이는 우리가 함께 보낸 시간만큼 금세 불어났고, 동시에 할 일도 그만큼 늘어났다. 소꿉장난처럼 여겨졌던 집안일은 점점 현실이 됐고, 나는 스트레스를 받기 시작했다.

'집안일'이라는 친구를 알게 된 지 얼마 되지는 않았지만, 어디 하나 마음에 드는 구석이 없었다. 사람을 어찌나 곤란하고 귀찮게 하는지! 집안일은 하지 않으면 안 한 티가 났지만, 열심히 해봤자 티가 나지 않았다.

밥을 먹기 위해서는 장을 봐야 했고, 밥을 다 먹은 뒤에는 사용한 그릇들을 설거지해야 했다. 설거지를 안 하면 다음 날 밥을 먹을 때 곤란했다. 깨끗한 옷을 입기 위해서는 빨래를 해야 했고, 세탁물을 건조대에 넌 다음 바싹 말랐다면 개서 옷장에 다시 넣어야 했다. 빨래를 하지 않으면 머지않아 입을 옷이 마땅치 않아졌다. 냉장고나 생필품이 보관된 서랍장을 살펴보며 유통기한을 확인하고, 시시때때로 수량이 충분한지 헤아렸다. 그러지 않으면 여러모로 불편했다. 나는 곤란한 상황을 피하기 위해 집안일을 했고, 자연스럽게 집안일을 점점 더 싫어하게 됐다. 매일 아침 눈을 뜨자마자 집안일을 하지 않으면 좋겠다고 생각할 정도였다.

결국 나는 진지한 태도로 '집안일하지 않을 방법'을 찾았고, 오랜 고민 끝에 결론을 냈다. '집안일을 안 하면 된다!' 너무도 간단명료하고 확실했지만, 실현 불가능한 일이었다. 집안일을 대신해줄 누군가를 고용하는 일도, 집안일을 모른 체하고 지내는 것도 지금 상황에서는 불가능했으니까. 그래서 이번에는 집안일을 싫어하지 않을 방법을 고민해보기로 했다. 그런 방법이 세상 어디에도 없을 거라는 사실을 너무도 잘 알지만, 밑져야 본전이었다. 그러던 와중에 우연 찮게 미니멀리스트 사사키 후미오 씨가 나오는 유튜브 영상을 보게 됐다. 텅 빈 방 안에 앉아 있는 남자를 보고, 홀린 듯이 클릭할 수밖에 없었다.

필요한 물건만을 가지고 살아간다는 미니멀리스트 사사키 후미오 씨의 집은 아무리 정리해도 어수선한 우리 집과는 확연히 달라서, 구경하는 것만으로 개운해졌다. 식기의 수도 적어서, 모든 식기를 꺼내서 설거지한다 해도 10분도 채 걸리지 않을 것 같았다. 우리 집도 똑같이 물건을 줄이면 해야 할 집안일도 줄어들지 않을까? 아주 짧은 시간이었지만, 나에게 다른 선택권은 없었다. 나는 당장! 미니멀리스트가 되어야 했다.

그러니까 나는 집안일이 하기 싫어서, 너무 귀찮아서 미니멀리스트가 되기로 한 것이다.

에린남

Prologue

Chapter 1.
물건을 비워내다

Chapter 4.
다시 채우는 시간

Chapter 1

물건을 비워내다

※
　　※
※

저 같은 사람도
미니멀리스트가 될 수 있을까요?

인생은 생각한 대로 흘러가지 않는다. 아주 구체적으로 미래 계획을 세워봤자 다른 길로 빠지기 일쑤다. 내가 미니멀리스트가 되기로 결심한 그날처럼 말이다. 나는 어떤 계획이나 준비도 없이 미니멀리스트가 되기로 했다. 바로 전까지만 해도 인터넷 브라우저에 쇼핑몰 탭을 여러 개 열어두고 어떤 옷을 살지 고민하던 내가, 사지 못한 물건에 아쉬워하며 신세한탄을 하던 내가! 최소한의 물건만 소유한 채 살아가는 미니멀리스트라니!

처음에는 미니멀리스트라는 단어가 낯설기도 했지만 이내 그 표현이 마음에 들기 시작했다. 괜히 내가 멋져 보이는 기분도 들었다. 남편과의 결혼으로 호주에 이민을 온 지 벌써 2년 반. 이 기간 동안 대부분의 시간을 집에서 보냈다. 집안일을 하거나, 글을 쓰고 그림을 그리거나, 애니메이션을 만들면서. 들인 노력에 비해 제대로 된 성과는 없다는 게 흠이라면 흠이었으나 나는 꽤 바

쁜 하루하루를 보냈다. 때때로 작가라고 불렸고, 아주 가끔 애니메이션 감독이라 불렸으며, 가뭄에 콩 나듯 디자이너라고 불렸다. 나를 부르는 호칭이 한두 가지가 아님에도, 때로 나를 어떻게 설명하면 좋을지 난감했다.

의뢰받은 그림을 그리거나 디자인을 해서 돈을 벌었지만 자주 있는 일은 아니었기 때문에 작가나 디자이너라고 말하기에는 민망했다. 그렇다고 "집안일해요"라며 주부라고 칭하기에는 너무도 불성실했다. 그런 나에게 스스로를 표현할 수 있는 멋진 단어가 생긴 것이다.

'미니멀리스트'. 일반적으로 미니멀리스트는 '필요한 최소한의 물건을 가진 채 삶을 가볍고 단순하게 살아가는 사람'을 말한다. 하지만 과거의 나는 전혀 그런 사람이 아니었다. 엄청나게 많은 물건을 소유하고 있었고, 가득 쌓인 물건 사이에서도 더 가지지 못해 아쉬운 소리를 하며 살아가는 물욕 가득한 사람이었다. 그런 내게 '미니멀리스트'라는 말을 갖다 붙여도 되는 걸까? 설렘이 잦아드는 찰나, 자주 나타나지 않는 내 안의 낙천적인 마음이 튀어나와 이렇게 말했다.

"처음부터 미니멀리스트인 사람이 어디 있겠어. 정 찔리면 초보 미니멀리스트로 하자!"

그렇게 나는 초보 미니멀리스트가 됐다. 우선 '초보 미니멀리스트'라는 이름에 어울리도록 집 안의 필요 없는 물건들을 비워내기로 했다. 이전까지의 나는 평화롭고 안일하게 물건을 모아두는 사람이었다. 대학생 시절 학교 근처에서 자취를 하다가 본가로 다시 들어왔을 때도, 퇴사하며 회사의 짐을 정리해야 했을 때도 나는 작은 종이 하나까지 버리지 않고 챙겨 나왔다. 그 물건들은 고스란히 집 어딘가에 잘 처박아두었는데, 이 같은 습성은 결혼을 하고서도 자연스럽게 이어졌다. 하루가 다르게 신혼집이 좁아지는 게 눈에 보일 정도로 물건이 빠르게 늘어났지만 문제의식을 갖지는 않았다. 시간이 흐른 만큼 물건이 쌓이는 것은 당연하다고 생각할 뿐이었다.

미니멀리스트가 되기로 마음을 먹었으니 하루 이틀, 길어봐야 일주일이면 내가 원하는 집을 만들 수 있을 거라고 생각했다. 물건을 '당장' 비워서 우리 집을 다른 미니멀리스트의 집처럼 텅 빈 상태로 만들고 싶었다. 하지만 물건을 비워본 적도, 비워야겠다고 마음먹은 적도 없던 나는 살림살이가 가득 찬 거실 한가운데서 집 안을 둘러보기만 할 뿐, 감히 손을 대지 못했다. 막막했다. 물건 비우는 방법을 알려주는 미니멀 라이프 실용서라도 읽어봤다면 조금이나마 쉽게 시작할 수 있었겠지만, 당시의 나는 호주에 살고 있었고, 한국 서점 사이트에서 책을 구입해 국제택

배를 받을 때까지 기다릴 여유가 없었다.

그래서 어떻게 했냐고? 미니멀리스트가 되기로 한순간에 다짐한 것처럼, 물건을 비우기에도 막무가내로 덤벼들었다. 물건을 비우는 일이 얼마나 험난한 여정인지 전혀 알지 못한 채!

이 날의 내가 몰랐던 것

1. 물건 비우기는 1년이 지나도 끝나지 않는다는 것.

안 끝나네··

2. 생각했던 것보다 많은 것이 달라진다는 것.

미니멀리스트 되길 잘했다!

※
　※
※

냉큼 얻어 온 물건들의 결과를
오답 노트 하기

　　　　남편과 내가 함께 살던 첫 번째 신혼집은 침실 하나와 화장실, 부엌, 그리고 거실이 있는 작은 집이었다. 방은 하나뿐이었지만 둘이 살기에 딱 좋아서 가끔씩은 넓게 느껴지기도 했다. 하지만 2년을 살다 보니 어느새 집 안에 빈 곳이 없을 정도로 물건이 가득 찼다. 물건이 어찌나 많은지, 방 안을 슬쩍 둘러보기만 해도 그 수가 백 개는 거뜬히 넘어 보였다. 작은 연필 하나부터 몸집 큰 가전제품까지, 물건으로 가득한 집 구석구석을 보니 답답한 마음이 들었다. 괜히 숨도 안 쉬어지는 기분이었다. 도대체 이 많은 물건은 언제부터 여기에 놓여 있었을까.

　처음 이사를 오고 나서 신혼의 설렘을 가득 안고, 필요한 것들을 채워나간 기억은 제법 선명하다. 각각의 위치와 필요에 따라 나름의 인테리어까지 신경 써서 구입한 가전 가구는 언제 어디에서, 얼마에 샀는지까지 세세하게 떠올랐다. 그러나 그 이후에 마련한 것들은 달랐다. "이건 언제 샀더라? 왜 샀지?" 언제 이 집에 왔는지조차 가물가물한 물건들이 우리 집을 가득 채우고 있었던 것이다. 지금껏 내 공간을 애정도, 쓸모도 없는 물건들이 차지하고 있었다는 것이 분했지만 이제 와서 후회해봤자 소용없었다. 그저 구석구석의 물건들을 하나씩 들춰보고 비우면서 원인을 파악해볼 뿐이었다. 일종의 오답 노트랄까.

　많은 이유가 있겠지만 내가 밝혀낸 원인 중 하나는 '주변의 온정과 손길'이었다. 호주 한인 문화가 그런 건지, 아니면 원래 신혼부부에게는 주변 사람들의 따뜻한 손길이 잘 닿는 건지는 모르겠지만 결혼 후 여기저기에서 우리에게 살림살이를 건넸다. "이런 거 필요할 거야. 줄까?" 초보 주부인 나는 그런 말을 들을 때마다 덥석 물었다. 필요하다고 하니까, 정말 필요할 것 같았다.
　공짜로 물건을 준다고 하면 괜히 돈이 굳은 것 같아서 거절하지 않고 집으로 들였다. 그것도 완전 냉큼. 신이 나서 가지고 온 물건들은 깨끗하게 닦은 후 우선 주방 상부 장과 구석진 곳에 잘 넣어뒀다. 언젠가는 쓰일 일이 생길 거라 믿고 기다렸지만, 안타깝게도 물건 중 대부분은 방치됐다.

　짝이 맞지 않는 유리그릇 세트를 얻어 왔을 때, 여기에 아이스크림을 담아 먹으면 좋겠다고 생각했다. 그럴싸한 디저트를 담

아 손님들에게 내놓는 기대도 품었다. 하지만 상부 장 맨 꼭대기에 올려놓은 유리그릇을, 특히나 조심성 없는 내가 쓰기란 무리였다. 게다가 그릇을 받아오던 날 설거지하다가 하나를 깨뜨렸고, 유리그릇은 건드리기도 어려운 존재가 됐다.

플라스틱 양념통을 받아왔을 때는 단지 새것이라는 이유만으로 '득템'한 기분이었다. 서랍장 형태의 통에 설탕과 소금, 고춧가루를 넣으면 되겠다고 구체적인 계획도 짜놓았지만, 슬프게도 플라스틱 양념통 역시 상부 장에 넣어둔 후 한 번도 꺼내지 않았다. 사실 우리 집에는 새로운 양념통이 필요하지 않았다. 그리고 솔직히 말해서, 민트색과 초록색으로 뒤덮인 플라스틱 양념통은 밖으로 꺼내두고 사용할 만큼 예쁘지도, 딱히 내 마음에 들지도 않았다(그런데 대체 왜 얻어 왔지?).

그 외에도 좋아하지 않는 향의 향초, 발이 불편한 슬리퍼, 우중충한 그림이 그려진 컵 받침 같은 사소한 물건들을 얻어 왔고, 그것들은 하나둘씩 모여 우리 집을 혼란스러운 상태로 만들고 있었다.

자신의 쓰임을 제대로 해내지 못한, 얻어 온 물건들은 대부분 버려졌다. 아까운 마음조차 들지 않았다. 단지 내가 가져오지 않았더라면 나보다 더 필요한 누군가에게로 가서 유용하게 쓰였을지도 모른다는 생각에 불편한 마음이 들었다. 물건을 쉽게 얻어 온 나의 지난날을 반성했다.

심지어 2년이 넘어가도록 한 번도 꺼내지 않았던 물건도 있는 걸 보면, 그것들은 분명 나에게 쓸모없는 존재였다. 그런데도 '언젠가'라는 막연한 미래를 위해 놔두었으니, 어쩌면 이 모든 문제의 시작은 그놈의 '언젠가'일지도 모른다.

×
  ×
×

주방에 들어가기 싫다

집을 보러 다니다, 이 집이 우리의 신혼집이 됐으면 좋
겠다고 생각했던 데는 주방의 역할이 컸다. 내가 태어난 해에 지
어졌으니 집 자체의 연식은 꽤 오래된 편이었지만, 주방은 몇 해
전 리모델링을 한 덕분에 깔끔했다. 싱크대 쪽에 커다란 창문이
나 있어서 오전부터 해가 지기 직전까지 햇볕이 들어왔고, 싱크
대 맞은편에는 넓은 조리대와 상부 장이 있었다. 하얀색 타일과
검은색 인조대리석으로 장식된 주방은 넓고 쾌적했다. 이곳에서
남편과 맛있는 요리를 해 먹는 상상을 하는 것만으로도 기분이
좋았다.

여기서 꼭 살고 싶다고 생각했고, 다행히 우리는 그 집과 인연
을 맺게 됐다. 하지만 꼭 필요한 살림살이와 필요하다고 믿었던
물건들이 채워지면서, 주방은 처음 내가 반했던 모습과는 완전
히 달라져 버렸다. 분명히 밝은 기운이 가득했던 곳이었는데 어

느새 어수선하고 꽉 찬 공간이 되어 있었다. 그래서일까. 언제부턴가 주방이 싫어졌다. 주방에 들어서면 괜히 우울하고, 기분이 상했다. 물론 주방에서 해야 할 일이 많기 때문이기도 했다. 적어도 주방에 놀려고 들어가지는 않으니까.

　주방에서 가장 답답하게 느껴지는 곳은 전자레인지가 있던 조리대였다. 주방 크기에 비해 다소 큰 34L짜리 전자레인지가 입구에 떡하니 자리 잡고서는 나의 시야를 가로막았다. 전자레인지에 가려져서 잘 보이진 않았지만, 그 옆으로는 전기 포트와 샌드위치 프레스기가 있었고, 스테인리스 볼이나 각종 조리기구는 자주 사용한다는 이유로 항상 바깥에 나와 있었다. 편리함을 위한 결정이었지만 정리를 못 하는 나와 필요한지 필요하지 않은지도 모르는 물건들이 시너지 효과를 내며 주방은 그야말로 혼돈의 상태가 됐다. 그런데도 어떤 것을 비워내야 할지조차 몰랐다.
　아무 성과 없이 주방을 들락날락한 지 며칠, 드디어 눈에 거슬리는 것이 생겼다. 제 역할을 하지 못하는 조리대와 그 조리대를 가득 채운 전자레인지였다. 우선 조리대를 조리대로 사용하기 위해서 저 커다란 전자레인지를 비워볼까?

　누군가에게는 전자레인지가 필수 아이템이겠지만 우리 부부에게는 아니었다. 전자레인지는 주로 찜질 주머니를 데우거나 고구마와 감자를 쪄 먹을 때만 사용됐다. 평균적으로 한 달에 한 번 꼴로 사용하게 되는, 없이도 살아가는 데 전혀 문제없는 전자 제품이었다. 처음에는 집에 하나쯤은 있어야 할 것 같다는 학습된 이유로 전자레인지를 들였지만, 두 사람 다 전자레인지를 제대로 사용할 줄 몰랐다. 웬만한 요리는 가스레인지로 했고, 마침 빌트인 오븐도 있어서 용도는 다소 다르지만 이쪽을 더 많이 사용했다. 자연스럽게 전자레인지는 자신의 역할을 하지 못한 채 계속 자리만 차지하고 있었다.

미니멀리스트가 되어서야 전자레인지의 존재에 대해 의문을 품게 됐다. 전자레인지를 치울까? 말까? 남편과 짧은 대화를 나눈 후, 우리는 전자레인지를 중고로 팔기로 했다. 곧바로 조리대 주변을 정리했고, 전자레인지를 깨끗이 닦은 뒤 사진을 찍어서 중고 커뮤니티에 올렸다. 며칠 뒤 구매를 원하는 사람이 나타나 전자레인지는 2년 만에 우리 집을 떠났다. 전자레인지가 비워진 주방은 한결 달라진 모습이었다.

전자레인지가 사라지자 우선 주방이 더 잘 보였다. 동시에 정리해야 할 물건과 비워야 할 물건들이 눈에 띄었다. 전자레인지 위에 올려뒀던 그릇들, 조리대 위에 어지럽게 놓여 있던 조리도구, 주방 수납 장 안의 필요 없는 잡동사니들…. 계속 쓸 물건들은 수납 장 안으로 넣어버리고, 필요 없는 물건들은 저렴한 가격으로 팔거나 무료 나눔을 했다. 그 후에도 남겨진 것들은 과감하게 버렸다.

텅 빈 주방을 보자 허전함과 동시에 뿌듯함과 개운함이 느껴졌다. 한눈에 반했던, 아무것도 없는 그 모습은 아니었지만 이전보다는 주방이 한결 좋아졌다. 여전히 들어가고 싶지는 않았지만.

냄비를 무료 나눔하고
받은 포도 한 봉지

×
　×
×

수납 장을 함부로
집에 들이지 마시오

　　신혼집에서 살게 된 지 5개월 정도 됐을 때쯤이다. 걸어서 5분 거리에 살던 사촌오빠 가족이 다른 동네로 이사를 하면서 가구 몇 개를 버리게 됐다고 했다. "혹시 필요한 게 있으면 가져가"라는 말에 사촌오빠 집으로 달려갔다. 대부분의 가구를 버리고 새롭게 살 예정이어서 나에게 꽤 많은 선택지가 있었지만, 신중하게 고르고 골라 검은색 3단 서랍장 단 하나만을 선택했다.
　　최선을 다해서 서랍장 이곳저곳에 담겨 있는 세월의 흔적을 닦아주고, 침실 벽 한쪽에 배치했다. 검은색 서랍장까지 침실로 들어오니 방이 꽉 차는 기분이었지만, 답답하기보다는 오히려 든든했다.

　　딱히 필요하지 않았던 물건이었지만 서랍장은 생각보다 제 역할을 충실히 수행했다. 우리가 굳이 노력하지 않았는데도, 물건들은 마치 서랍장이 오기를 기다렸다는 듯이 붙어났다. 다른 서랍장 위에 어지럽게 널려 있던 잡동사니가 서랍장 안으로 들어가자 침실이 제법 깔끔해 보이기도 했다. 역시 서랍장은 나를 실망시키지 않는구나. 내 선택은 틀리지 않았어! …라고 생각한 것도 잠시.

내 선택은 틀렸다. 서랍장을 가져오지 말았어야 했다. 겉으로는 깔끔해 보였지만 단지 물건이 서랍장 안으로 이동해서 그렇게 느껴졌을 뿐이었다. 서랍장 안에는 규칙도 분류도 없이 널부러진 물건들로 가득했다. 필요한 물건을 꺼낼 때도, 나는 물건들을 뒤적거리며 오랜 시간 헤매야 했다. 시간이 흐를수록 서랍장은 엉망이 됐고, 내부를 다시 정리할 엄두도 내지 못했다. 그저 못 본 체하며 물건을 꺼내고 다시 넣어두는 일에만 집중했다. 어느 순간부터는 서랍장이 꽉 차서 잘 닫히지도 않았다.

상황은 점점 더 악화됐다. 깔끔했던 서랍장 위마저 어느새 지저분해졌다. 미처 안으로 들어가지 못한 물건들이 서랍장 위를 차지했고, 빈틈없이 올려진 물건들을 잘못 건드렸다가 바닥으로 내동댕이쳐지는 일도 다반사였다. 그럴 때마다 신경질적으로 물건들을 집어 들어서는 또 아무렇게나 올려두었다. 가끔씩 대청소 날을 맞이해서 나름대로 분류하며 정리해주었지만, 그날 딱 하루뿐이었다. 물건들은 다시 마음대로 자리를 잡았고, 그 위에 먼지도 부지런히 쌓여갔다. 물론 물건들이 스스로 움직이는 것은 아니었다. 범인은 따로 있었다. 게다가 공범, 나와 남편!

　서랍장이 우리 집으로 온 지 2년이 흘렀다. 공범 아니, 남편과 나는 한마음이 되어 서랍장을 비우기로 마음먹었다. 그 안에 어떤 물건이 채워져 있는지 이제는 알 수조차 없었지만, 오래된 서랍장을 보내줘야 할 때가 온 것 같았다.
　우선 서랍장 안에 있는 것들을 바깥으로 다 빼서, 물건들이 돌아갈 곳이 없는 상태로 만들었다. 이 물건을 정리해서 다른 서랍장에 정리해야 했다. 그 말은 즉, 꽉 차 있는 다른 서랍장 속 물건들도 긴장해야 한다는 뜻이었다. 미션은 세 개의 서랍장에 있던 물건을 두 개의 서랍장 안에 나눠 넣는 것! 남편과 바닥에 앉아서 양말, 속옷, 책, 약, 여분의 수건과 그 외의 잡동사니 중에서 남길 것을 골라냈다. 불가능할 것 같았는데, 냉정한 마음으로 하나하나 살펴보니 덩달아 다른 서랍장의 짐까지 줄일 수 있었다.

　서랍장 하나만 비웠는데도 침실의 모습이 달라 보였다. 검은색 서랍장이 사라지니 방이 한결 환해졌고 확실히 전과 달리 쾌적했다.
　이때 나는 아주 중요한 사실을 깨닫게 됐다. 넣을 수 있는 공간이 줄어들면 이성적으로 판단하게 된다. 물건을 바닥에 덩그러니 놓아둘 수는 없으니까, 어떻게든 비우고 넣게 된다. 앞서 말했다시피 서랍장은 우리에게 당장 필요한 물건은 아니었다. 그런데도 공짜면 좋다는 욕심에, 수납할 공간이 많으면 많을수록 정리가 쉬울 것이라는 착각에, 시간이 흐를수록 짐이 늘어나는 게 당연하므로 새로운 서랍장이 필요하다는 생각에 집으로 들였다. 결국에는 서랍장의 용량만큼 물건이 늘어났고 또다시 그만큼의 물건을 비워내야 하는 수고를 자처했다.

오늘의 교훈.

"서랍장을 함부로 집에 들이지 마시오."

서랍장의 삶 연장!

서랍장아, 조금만 더 수고해줘!

입을 옷이 없는 이유

'옷이라도 남으니까'라는 착각

사회 초년생 시절에는 기분을 조절하기 위해, 스스로를 조절하지 못하고 옷을 샀다. 월급날에는 기분이 좋으니까 옷을 샀고, 화가 날 때는 나가서 뭐라도 사야 기분이 풀릴 것 같았다(당시 다녔던 회사는 신사동 가로수길과 가까웠다). 아무 일도 없지만 지나가는 길에 옷이나 살까 하고 매장에 들어가기도 했다. 물론 비싼 옷은 엄두도 못 냈고, 상대적으로 저렴한 옷들을 사들이며 쇼핑하는 기분만 실컷 냈다. 넉넉하지 않은 주머니 사정은 애써 외면했다.

한곳에서 모든 쇼핑을 할 수 있는 신사동 가로수길이나 명동에 가는 것을 좋아했다. 머릿속에 계획적인 소비를 위한 쇼핑 리스트를 만들어두고 나갈 때도 있었지만, 쇼윈도에 걸려 있는 큰 광고나 잘 진열된 옷을 보면 홀린 듯이 매장 안으로 들어갔다. 멋진 몸매와 예쁜 얼굴의 모델이 입은 바로 그 옷이 매대에 걸려 있었다. 모델 느낌까지는 아니더라도 조금이나마 나은 모습의 내가 될 것이라고 믿으며 옷을 사들였다. 물론 구매하려고 계획 했던 옷은 아니었다.

옷이 나의 겉모습을 바꿀 수 있는 가장 쉬운 방법이라고 생각 했다. 얼굴이나 체형을 바꾸려면 부단한 노력이 필요했지만 '예 쁜 옷 한 벌'은 상대적으로 쉽고 빠르게 나의 겉모습을 꾸며줬 다. 나는 외모의 부족한 구석구석을 채우기 위해 시도 때도 없이 옷을 사들였다. 당연히 같은 옷을 입은 모델처럼 될 수는 없었다. 여러 번의 경험으로 잘 알고 있으면서도 홀린 듯 또다시 소비를 믿었고, 기대와는 다른 결과에 실망하기를 반복했다. 소비로 채 운 믿음은 소비의 기쁨이 떠나자마자 사라지고 말았다.

쉽지 않게 번 돈을 쉽게 허비하고, 기대에 못 미치는 결과로 기분도 나빠졌지만 (먹을 것과는 달리) 옷이라도 남았으니 다행이 라고 생각했다. 하지만 결국 그 옷들은 선택받지 못한 채 옷장 안에 쌓여갔고, 빛을 보지 못하고 긴 시간 동안 나를 기다려야 했다.

하나라도 건지겠지?

결혼한 뒤에는 주머니 사정이 달라졌다. 주머니에 구멍 난 듯이 돈을 쓰던 나는 결혼 후, 성실하게 돈을 관리하는 남편에게 필요할 때마다 돈을 받아 쓰기 시작했다(두 사람 다 합의한, 모두가 만족스러운 생활이었다). 고정적인 월급이 사라진 나는 직장인 시절보다 경제적으로 자유롭지 못했지만, 쇼핑과 소비 욕구는 줄어들지 않았다. 변함없이 이전처럼 소비해야 직성이 풀렸다. 그래서 나의 소비 레이더는 '반값 세일'로 향했다.

호주의 중저가 스파 브랜드들은 한두 달에 한 번, 신상품이 나올 때마다 기존 상품을 30~50% 할인된 가격으로 판매한다. 그래서 살짝 유행이 지난 옷들을 10~20호주달러(8,000~15,000원) 정도면 살 수 있었다. 유행이 지나도 상관없었다. 중요한 것은 쇼핑 그 자체였으니까!

동네에 대형 쇼핑몰이 있어서 세일 시즌이 시작되자마자 알 수 있었다. 여기저기에 '반값'이나 '할인'이라는 글자가 크게 붙을 때면 얼마나 반가운지. 정신을 차려보면 손에는 몇 개의 쇼핑백이 들려 있었다. 이렇게 많이 샀는데도 신상 옷 하나 값이 겨우 넘었다. 완전히 득템한 기분이 들어서 신났지만, 저렴한 가격의 옷들은 한두 번 거우 입은 뒤 곧 옷장 안에 처박혔다. 유행도 지났고, 내게 잘 어울리지도 않았으며, 내가 좋아하는 스타일의 옷도 아니었다. 그야말로 나쁘지는 않지만 내가 입기는 싫은 옷이었다.

　물론 싼 옷 자체에 문제가 있는 것은 아니다. 저렴하더라도 맘에 꼭 드는 옷이나 가격대에 비해 잘 만들어진 옷이라면 나는 꽤 오랫동안 입는 편이다. 저렴한 옷의 가장 큰 문제점은 싸다는 이유로 쉽게 구입하게 된다는 것이다. 비싼 옷을 살 때는 이것저것 재고 따지며 수십 번 생각하다가, 매장에서 나와 다른 옷 가게까지 둘러보고, 다시 돌아와서도 고민한다. 소비를 후회하지 않기 위해서다. 하지만 저렴한 옷은 가격만큼 쉽다. 소비도, 방치도, 버려지기도. 나는 오랫동안 쉬운 방식으로 소비해왔던 것이다.
　'이 중 하나는 건지겠지'라는 마음이었지만 실제로는 아무것도 건지지 못하고, 돈만 낭비한 꼴이 되는 경우가 많았다.

　그렇게 내 옷장은 엉망이 됐다. 쇼핑하는 기분을 내기 위해 아무 옷이나 사들여서, 옷이 없는 것보다는 마음에 들지 않는 옷이라도 하나 더 있는 게 낫다며 남겨둬서. 이런 옷장을 보며 내내 남 탓을 했다. 작은 옷장을 탓했고, 제자리에 정리되지 않은 옷을 탓했다. 답답한 옷장을 바꿔볼 엄두도 못 내면서 입지 않을 옷을 또 구입하고, 방치했으며, 입을 옷이 없다고 투덜거리며 새 옷을 샀다.

이제는 잘 안다. 엉망진창인 옷장은 누구도 아닌 100% 내 탓이었다는 것을. 또한 옷장을, 집을, 인생을 구할 사람은 나뿐이라는 것을! 이제 나는 엉망인 옷장을 구해낼 것이다.

…그런데 가능하기나 할까.

옷은 많은데 좋아하는 옷은 없다

    신혼집은 작았지만, 다행히도 침실에 붙박이장이 설치되어 있었다. 가로 2m에, 높이는 천장에 닿는 커다란 옷장이었다. 옷장은 남편과 나의 옷은 물론이고, 빈 전자제품 케이스, 정체 모를 물건들이 담긴 상자까지 전부 들어갈 만큼 컸다. 하지만 옷장은 빈틈을 찾을 수 없을 만큼 꽉 차 있었고, 덕분에 슬라이딩 도어인 옷장 문은 언제나 열려 있는 상태였다.

    이렇게 옷이 많으면 패셔니스타는 아니더라도 멋쟁이 소리는 들어야 하는데, 남편과 나는 어째 단벌 신사가 따로 없었다. 맨날 입는 몇 벌만 돌려 입으면서 옷이 없다는 말만 되풀이했다. 외출할 때면 남편과 나는 무슨 옷을 입을지 고민하며 옷장을 한바탕 헤집어야 했다. 어디에 어떤 옷이 있는지 정확히 알 수 없었고, 안다고 해도 안쪽에 있는 옷을 입으려면 결국 앞에 있는

옷들을 전부 꺼내야 했다.

빨래한 옷을 정리하는 것도 의미가 없었다. 곱게 개서 넣어봤자 옷장에 들어가는 순간부터 구겨졌으니, 그냥 아무렇게나 쑤셔 박았다. 차라리 거실의 빨래 건조대에 널어놓은 것을 다음 날 다시 입는 편이 더 편하고 쾌적했다. 대체 문제가 뭘까. 붙박이장의 수납 시스템이 별로인 것도 한몫했지만 입지 않는 옷이 입는 옷보다 몇 배는 많은 것이 가장 큰 문제였다.

이제 나는 어엿한 미니멀리스트가 됐기 때문에 엉망인 옷장을 보고만 있을 수 없었다. 옷장을 멀쩡한 상태로 돌려놔야 했다! 독한 마음을 먹고 옷을 전부 침대 위로 꺼냈다. 흐릿했던 존재들을 눈으로 확인하자, 험난한 갈 길이 예상됐다. 심지어는 한국에서부터 힘겹게 따라왔지만 영영 선택되지 못한 옷도 있었다. 옷장에 들어간 후 한 번도 밖으로 나오지 못하고 옷장에 처박혀 있던 옷들을 보니 마음이 아프면서도 화가 났다.

"이럴 거면 고생스럽게 가져오지 말걸! 그럼 다른 옷을 샀을 텐데(?)."

방치했던 시간만큼 옷에는 먼지가 가득했다. 앞으로 이 옷을 입을지 말지는 우리의 손에 달려 있었다. 먼저 앞으로도 확실히 입을 옷만 골라 다시 옷장에 걸어두거나 잘 접어서 차곡차곡 정리했다. 절대 안 입을 것 같은 옷은 과감하게 침대 밑 봉투에 내려두었고, 비우기가 살짝 아쉬운 옷은 침대 머리맡에 쌓았다. 이렇게 말하면 굉장히 쉽게 옷을 구분해낸 것 같지만 반나절이 꼬박 걸렸다. 옷을 입어봤다가, 거울에 몸을 비춰봤다가, 다른 옷이랑 매치도 해보면서 고민했다. 그렇게 고생한 끝에 정리한, 입지 않는 옷은 커다란 봉투로 세 개나 됐다. 그저 옷장 채워놓기용에 불과한 옷이 이렇게나 많았다니!

긴 시간 옷을 비우며, 지금껏 옷장을 채우고 있던 게 단순히 옷만은 아니라는 사실을 알게 됐다. 이 공간은 욕심, 허영심, 물건에 대한 집착으로 꽉 채워져 있었다(물론 추억이라는 아련한 감정도 꽤 있었지만). 지금이라도 그 감정을 옷과 함께 비워낼 수 있다는 사실이 얼마나 다행인지 몰랐다. 안 그랬다면 나는 새로운 옷과 함께 부정적인 감정을 계속 더하기만 했을 것이다. 홀가분한 마음으로 옷장을 둘러봤다. 한결 깔끔해진 모습을 기대했는데⋯ 웬걸, 놀랍게도 옷장은 여전히 옷으로 빽빽했다.

"이럴 수가! 그럼 여기 봉투 속 옷들은 다 어디서 나온 거야?"

옷 비우기 전, 남편에게 물어보기

비우기 앞에서 쿨해진 우리.

✕
　✕
✕

마음 같아서는
옷장을 통째로 버리고 싶지만

　　미니멀리스트가 되고 나서 가장 마음에 안 드는 것이 바로 옷장이었다. 나만의 취향이나 분위기가 느껴지기는커녕 정리를 못 하는 사람이라는 낙인만 찍힐 게 뻔한 옷장이라서 그랬고, 입을 옷은 없는데 또 버릴 옷도 없는 혼란스러운 옷장이라서 그랬다.

　마음 같아서는 옷장을 통째로 뜯어서 내다 버리거나 가득 찬 옷을 죄다 비운 후 편안하고, 깔끔하고, 좋아하는 옷으로만 채우고 싶었다. 하지만 그럴 수 없었다. 멀쩡한 옷을 전부 버리는 것은 확실히 낭비였고, 그만큼의 옷을 한번에 살 만큼 여유자금도 없었다. 그래서 대대적으로 '다시는 입지 않을 옷'을 골라낸 후에는, 일명 '옷장 물갈이'의 시간을 보내기 시작했다. 비울 것은 비우고, 채울 것은 채우면서.

　마음에 드는 옷장을 만들기 위해 하루에도 몇 번씩 옷장을 들여다봤다. 자주 입는 옷이건, 앞으로도 입을 일 없어 보이는 옷이건 간에 사연 없는 옷이 없었다. 옷장 가득히 미련이 묻어 나왔다. 이 옷은 이때 샀지. 이 옷은 그때 입었었지. 자꾸만 추억 여행을 떠나느라고 쉽게 결정을 내리지 못했다. 하지만 입지 않을 옷은 비워야 한다! 이대로 두고 볼 수는 없었다.

13년 동안 함께한 아디다스 트레이닝 재킷

2006년 3월, 재수를 시작하게 된 나는 (재수생인 주제에) 엄마에게 아다다스 트레이닝복 세트를 사달라고 졸랐다. 이 옷만 입고 공부하겠다면서! 옷을 하나만 입을 수 있다면 아디다스 트레이닝복만 입고 다니는 게 나름 멋있을 것 같았다. 쇼핑할 시간도 없이(당연한 거 아닌가) 공부만 하겠다는 나의 의지가 담겨 있기도 했다. 얼마 후 내 손에 진짜로 아디다스 트레이닝복 세트가 들어왔고, 나는 거의 매일같이 그 옷을 입었다. 독서실에 갈 때도, 미술학원에 갈 때도 입었다. 다른 사람 시선 따위는 안중에도 없었다. 사실 다른 옷을 입고 싶어도 입을 만한 옷이 거의 없기도 했다.

하도 입어서 늘어난 바지는 2년쯤 지나 버렸지만 재킷은 상대적으로 상태가 좋아서 20대 중반까지도 봄겨울마다 잘 입고 다녔다. 시간이 흘러 나는 30대가 됐고, 어느덧 아디다스 트레이닝

재킷을 구입한 지도 13년이 지났다. 그럼에도 나의 트레이닝 재킷은 여전히 옷장에 한 자리를 차지하고 있었다. 성인이 되었지만 실패자가 된 것처럼 힘들었던 시절 가장 먼저 구입한 옷이었기에, 나의 소중한 재수생 시절과 대학 생활의 추억이 담겨 있었다. 또한 여전히 이 옷을 가지고 있던 이유는 '언젠가 한 번은 입을 것'이라고 생각했기 때문이었다.

스포티한 감성의 가벼운 외출복으로 입으면 좋겠다고 생각했지만 자주 실패했다. 옷 스타일이 달라진 지금의 나에게는 더 이상 어울리지 않아서였다. 실제로 몇 번은 외출하기 전 걸쳤다가 다시 벗어두기도 했다. 그랬으면서도 그 시절로 돌아가 한 번쯤은 꼭 입을 것 같아서, 또 필요할 때가 있을 것 같아서 남겨두었다. 최근 몇 년 동안 입은 기억도, 입고 나갈 생각도 없었다는 사실을 깨닫고는 앞으로도 똑같을 것이라는 확신이 들었다. 그래서 미련 가득한 마음까지 비워내기로 결정했다.

어떻게 처리하면 좋을까 고민했다. 팔기에도 애매하고, 그렇다고 기부하기에도 마음이 선뜻 움직이지 않았다. 이때 문득 나의 어린 시누이가 생각났다. 시누이에게 주는 것이라면 아깝지도 않겠다는 생각과 헤어짐이 그나마 덜 힘들겠다는 마음이 들어 다른 옷 몇 벌과 함께 아디다스 트레이닝 재킷을 건넸다. 감사히 입겠다며 좋아하는 시누이에게 굳이 나의 미련 가득한 사연을 전하지는 않았다. 그저 시누이가 나의 옷을 가끔이라도 입어주기를 바랐다.

청치마는 하나면 충분해

2017년 7월 즈음, 하얀색 청치마를 구입했다. 탑샵(Topshop)이라는 브랜드에서 무려 50%나 세일하는 청치마였다. 원래 입는 것보다 한 치수 큰 옷만 남아 있었지만 저렴하기도 하고, 마침 청치마 하나쯤은 필요했던 차여서 큰 고민 없이 구입했다(50% 세일에 마음이 자주 흔들리던 때였다).

1년 뒤 또 여름이 찾아왔다. 동네 백화점 구경이 소소한 행복이었던 나는 새로 나온 옷들을 구경하다가, 이번에는 내가 좋아하는 연청색의 치마를 보게 됐다. 지금 같았으면 집에 청치마가 있으니 굳이 살 필요가 없다고 생각하겠지만, 그때만 해도 미니멀리스트가 아니었던 터라 바로 사버렸다. 세일 상품도 아니었는데!

그렇게 나에게 색이 다른 청치마 두 개가 생겼다. 두 벌을 잘 돌려 입어야겠다고 생각했지만 새로 산 청치마가 색깔도 더 마음에 들고, 사이즈도 더 잘 맞아서 하얀색 청치마는 쳐다보지도 않게 됐다. 돌려 입겠다는 계획도 당연히 지켜지지 않았다. 관심에서 사라진 하얀색 청치마는 점점 구석으로 밀려나게 됐다.

옷장 정리를 하며 찾아낸 하얀색 청치마에게 미안한 마음이 들었으나 앞으로도 연청색 청치마에만 손이 갈 게 뻔해서 과감하게 비워내기로 했다. 청치마뿐 아니라 이제 나에게 비슷한 스타일의 옷은 하나면 충분했다!

입고 나갔을 때 기분이 좋지 않은 옷

단지 비우기 아깝다는 이유로 버리지 못하고 옷장에 방치했던 옷들이 있다. 비싸서 버리기에는 아깝거나, 색상이 나와 어울리지 않거나, 이유는 모르지만 그냥 손이 가지 않는 옷들. 입지 않는 옷이라면 서둘러 비워내야 했지만 이상하게 집착이 생겼다.

마음에 들지는 않지만 또 비우기는 싫은 옷을 억지로 입고 외출하기도 했다. 입고 돌아다니다 보면 옷이 좋아질지도 모른다고 나를 잠시 속여볼 요량이었다. 하지만 대실패! 마음에 들지 않는 복장을 하고 있으려니 옷차림이 계속 신경 쓰여서 오랜만의 외출이 엉망이 됐다. 빨리 집에 가고 싶다는 생각뿐이었다. 그런 날이면 스스로가 못나 보이고, 괜히 울적해졌다.

옷장을 비우기 시작한 후에도 그 '집착의 산물들'을 비울까 말까 고민하다가, 도저히 결정할 수 없어서 또 한 번 입고 나가보기로 했다. 역시나 기분이 좋지 않았다! 하루 종일 그 옷을 입은 것을 후회했고, 집으로 돌아오자마자 아깝다는 이유로 남겨둔

옷을 전부 꺼내서 기부하는 곳에 가져다줬다. 후회하지 못하도록 아예 멀리 떠나보냈다.

비울까 말까 망설이던 옷들이 사라지자 옷장도, 내 마음도 아주 개운하고 깔끔해졌다. 역시 나라는 인간은 경험해봐야 뼈 시리게 깨닫는구나.

기존 스타일과 매치하기 어려운 옷

옷의 양을 줄이다 보면 주로 내가 좋아하거나 잘 어울리는 스타일의 옷들만 남게 되는 탓에 예쁘지만 다른 옷과 어울리지 않는 옷을 발견하면 난감해진다. 깔끔하고 무난한 디자인의 옷은 여러 스타일로 믹스 앤드 매치해서 입을 수 있지만 화려하고 특이한 옷들은 내가 가진 다른 옷과 통 어울리지 않았다.

이는 신발이나 가방을 고를 때도 영향을 끼쳤다. 장식 많은 원피스를 입기 위해서 어울리는 액세서리까지 구입하게 될 위험(?)도 생겼다. 기존에 입던 스타일이 아니면 맞춰 입을 신발이나 가방이 없을 경우가 많아서, 비슷한 스타일의 물건까지 사는 게 옷을 낭비하지 않는 방법처럼 여겨졌다. 고작 하나의 옷을 잘 입어보려고! 소비를 부추기는 악마가 따로 없었다.

과감한 시도를 위해 화려하고 난해한 옷을 옷장에 모셔둔다 해도, 결국에는 입지 않을 게 뻔했다(어떻게든 입어보려고 리폼했다가 괜히 쓰레기를 만들기도 했다). 그래서 과감하게 기부하기로 했다. 누군가 나 대신 잘 입어줄 사람이 있을 테니까. 나에겐 너무 화려한 옷들을 비워내고 나니 주저한 시간이 민망해질 만큼 마음 깊숙한 곳부터 상쾌해졌다. 진작 비울걸.

드디어 옷장이 정돈됐다! 형형색색의 입지 않는 옷부터 버리기는 아깝고 입기엔 영 껄끄러운 옷까지 비우고 나자 옷장은 어느 정도 숨을 쉴 수 있게 됐다. 옷장 겉모습만 좋아진 것이 아니었다. 옷과 나의 관계도 좋아졌다. 옷의 양이 줄어들자 이전보다 내 옷들을 소중하게 생각하게 됐다.

싫어하거나 입고 싶지 않은 옷들을 비우다 보니, 내게 어떤 옷이 필요한지도 알게 됐다. 유행하는 옷이나 무조건 예쁜 옷은 나에게 필요하지 않다는 것도, 옷이 많다고 무조건 좋은 것만은 아니라는 사실도 잘 알게 됐다. 이제 내가 꿈꾸는 것은 '작지만 완벽한 옷장'이다.

〈작지만 완벽한 옷장〉 2020년 버전

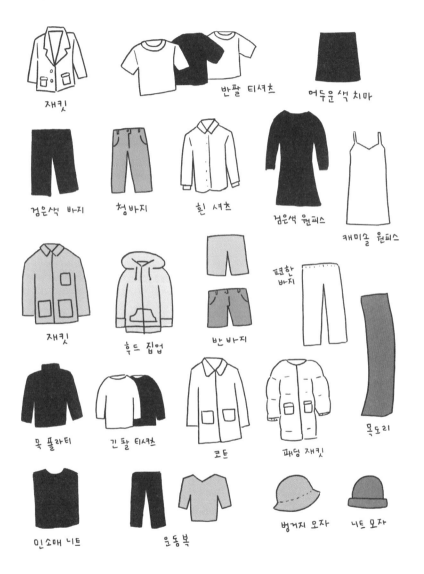

재킷

반팔 티셔츠

어두운색 치마

검은색 바지

청바지

흰 셔츠

검은색 원피스

캐미솔 원피스

재킷

후드 집업

반바지

편한 바지

목도리

목 폴라티

긴팔 티셔츠

코트

패딩 재킷

민소매 니트

운동복

벙거지 모자

니트 모자

✕
　　✕
✕

어린 시절의 추억이 담긴
물건 비우기

　　　　물건 비우기 중 가장 난이도가 높았던 것은 바로 어린 시절 '추억의 물건'이었다. 다른 물건은 비워낸다 하더라도 필요하다면 언제든지 새롭거나 더 좋은 것으로 구입할 수 있지만 추억의 물건은 한번 사라지면 영영 이별이었다. 다시 구한다 해도, 새로 산 물건에는 과거의 내 손길이 닿아 있지 않으므로 가지는 것에 의미조차 없었다. 그래서 추억의 물건을 비울 때만큼은 오래도록 고민하지 않을 수 없었다.

　먼저 추억이 담긴 물건들을 하나의 상자에 모은 다음, 비울 기준을 정했다. 일단 여전히 마음이 가거나 좋아하는 마음이 남아 있는 것들은 간직하기로 했고, 더 이상 내게 의미가 없거나 마음속에만 담아둬도 충분한 물건은 아쉽지만 작별을 고하기로 했다. '실용적인가' 여부로 물건을 비울지 말지를 정했던 다른 물건과는 비슷하면서도 다른 방법이었다.

수첩 사는 게 좋았던 어린이

어렸을 때부터 수첩이나 다이어리 같은 것을 좋아해서 돈만 생기면 문구점으로 달려가 소비의 기쁨을 느끼곤 했다. 우리 집에서 버스로 두세 정거장 정도 떨어진 옆 동네에는 언제나 초등학생들이 북적이는, 일종의 문구 아웃렛이 있었다. 200원짜리 아주 작은 수첩부터 5,000원대 고급 양장수첩까지. 용돈이 생기면 친구들과 문구점에 가서 신나게 쇼핑을 했다. 그 덕분에 20년이 지난 지금도 다양한 종류의 수첩과 다이어리가 남아 있었다.

수첩의 숫자는 많았지만 비우기는 상대적으로 수월했다. 한두 장, 낙서 같은 끄적거림을 제외하고는 아무 기록도 없었기 때문이었다. 수첩이나 다이어리를 사서 열심히 꾸미는 친구들이 있던 반면 난 꾸미는 것에는 영 재능이 없었다. 어른이 된 지금도 마찬가지다. 다른 친구들처럼 예쁘게 꾸미기 위해 노력했지만 그마저도 한두 페이지가 전부였다. 일기라도 꾸준히 써내려갔다면 모를까, 그것도 아니었다. 아무래도 나는 수첩에 '기록하는 게' 좋았던 어린이가 아니라, 단순히 수첩을 '사는 게' 좋았던 어린이였던 것이 분명하다.

몇 안 되는 기록 중에는 이상하게 마음이 가는 부분도 있었다. 그럴 때는 그 페이지만 잘라서 상자에 모았다. 고작 한 문장 정도의 짧은 글이었지만 당시의 마음이 고스란히 느껴져서 간직하고 싶었다. 반면에 기록이 없는 수첩들은 아주 쉽게 버릴 수 있었다. 어른이 된 지금은 물건 자체보다, 어린이였던 내가 남겨놓은 작은 메모 하나가 더 소중했다.

내용은 없지만 습관처럼 나눈 편지

내가 초등학교, 중학교를 다닐 때만 해도 학교 친구들에게 편지를 쓰는 게 생활이었다. 그 당시 유행이었던 '콩콩이'나 '소다미' 같은 캐릭터 편지지를 구입해서 하루에도 몇 개의 편지를 주고받았다. 예쁜 편지지는 서로 교환해서 가지기도 했다. 물론 편지 내용은 없는 것과 다름없었다. 수업 중 쓴 것으로 보이는 편지에는 '졸리다. 집에 가고 싶다. 배고파' 같은 내용만 반복되어 있었다.

귀여워서 피식하고 웃었지만 굳이 가지고 있을 필요를 느끼지 못해서 비워냈다. 종종 진심이 담긴 편지들이 발견되기도 했다. 나를 향한 애정이 가득한 편지들은 차마 버릴 수가 없어서 남겨두기로 했다. 잠시였지만 그 시절 함께 웃고 울었던 친구들을 떠올리니 마음이 따뜻해졌다. 예쁜 편지지 하나에 즐거워했던 어린 내가 그립기도 했지만 비워지는 편지들이 아쉽지는 않았다. 언제든지 그때 그 시절을 떠올릴 수 있는 내가 여기 있으니까.

상장은 나의 물건이 아니다

공책이나 편지 같은 것은 100% 나 혼자만의 물건이라서 마음대로 처분이 가능했지만 상장은 달랐다. 내 이름이 쓰여 있고, 온전히 나의 결실이라고 여겼던 상장이 사실은 부모님의 관심과 노력으로 이뤄낸 결과물일지도 모른다는 생각이 들었다.

나만 그렇게 생각할 수도 있으니까 우선 엄마에게 작은 실험을 해보았다. 버리는 물건 틈에 내 상장과 아주 어릴 때(무려 6살 시절) 받은 플라스틱 트로피를 살짝 끼워두고 엄마의 행동을 살폈다. 역시나 엄마는 "상장은 왜 버려?"라며 그것들을 따로 빼놓았다. 얼마 후, 다시 한번 은근슬쩍 "내 상장들, 버려도 돼?"라고 물었고 엄마는 단호하게 "버리지 마. 엄마가 가지고 있을 거야"라고 대답했다. 이때 확신이 생겼다. 지금의 나에게는 별 의미 없는 상장일지도 모르지만 엄마에게는 특별한 추억이 담긴 물건이라는 것을. 그래서 모든 상장은 버리지 않고 친정에 남겨두기로 했다.

마찬가지로 나에게는 의미가 없어도 누군가에게는 간직하고 싶은 것이라면 비워내지 않기로 결정했다. 대신 상장은 더 이상 '내 물건' 범주에 포함되지 않는 추억의 물건이 됐다.

사진은 그냥 가질래요

누군가는 실망할지도 모르지만 나는 사진 줄이는 것을 일찌감

치 포기했다. 이유는 간단하다. 내가 앨범 보는 것을 좋아하기 때문이다. 부모님의 젊은 시절 사진을 보는 것도, 남편의 어린 시절 사진을 보는 것도 좋아한다. 사진을 손끝으로 만지며 부모님에게 나의 어린 시절 이야기를 듣는 것도 좋고, 나의 기억에는 없는 그 시절의 나를 상상해보는 것도 좋다. 나중에 자녀가 생긴다면, 아이와도 같은 추억을 나누고 싶은 마음이다.

사진을 하나하나 스캔해 디지털화시키고, 실물은 비우는 것도 방법 중 하나다. 그러나 이 많은 사진을 스캔하는 일도, 외장하드에 옮겨 관리하는 일도 만만치 않을 듯해서 그냥 이대로 잘 간직하기로 했다. 무엇보다 사진은 나에게 단지 추억의 물건이 아니라 좋아하는 물건 중 하나이기 때문이다.

미래의 나에게

계속 물건을 줄여 나가다 보면,

비울것

미래의 나에게 추억이 담긴 물건을 남겨 주지 못할지도 모른다.

추억의 물건

그래도 괜찮다.

추억의물건

나는 미래의 나에게 물건보다 더 가치 있는 것을 줄 거니까.

자, 여기

?

지금의 나도 모르는 거라 기대돼.

물건을 비울 때
스스로 해보면 좋은 질문

집에 물건이 넘칠 때는 별다른 고민 없이 물건을 비워
냈다. 여기저기 당장 비워도 아쉽지 않은 물건이 넘쳤으니까. 하
지만 시간이 흐를수록, 물건의 양이 줄어들면 들수록 점점 고민
하는 시간이 길어졌다. 내 손에 들린 이 물건을 비워도 될지 도
저히 판단할 수가 없었다. 쉽게 결정하는 사람이라고 생각했는
데 끊임없이 물건을 비우다 보니 과부하가 걸린 건지, 진도가 전
혀 나가지 않았다. 이럴 때 누군가 나타나서 정답을 말해주면 좋
겠지만, 내 미음을 가장 잘 아는 사람은 나밖에 없었다. 그러니
까 정확한 답을 아는 것도 나뿐이었다. 그래서 답답한 마음을 해
소하고자 스스로 질문하기 시작했다.

"이거, 비워도 될까?", "이거, 나에게 필요한 걸까?"

꽤 유용했다. 질문을 통해 조금 더 객관적으로 나를 돌아볼 수 있었다. 물건 비우는 시간은 조금 더뎌졌지만 적어도 후회는 하지 않을 수 있었다.

1. 나에게 필요한 물건이 아직도 많다고 느끼는가?

내가 가진 물건이 충분하다고 생각했던 적은 단 한 번도 없었다. 비어 있는 공간은 언제나 부족함을 느끼게 했고, 물건에 대한 결핍이 있을 때는 빈곤함과 공허함까지 느꼈다. 무엇인가를 계속해서 채우고 싶은 욕구는 당연히 소비로 이어졌다.

주방용품에 관심이 없고, 우리 집에는 굳이 없어도 될 걸 알면서도 멋스러운 그릇이나 고급스러운 티폿 세트를 볼 때마다 가지고 싶은 마음이 들었다. 꽉 찬 옷장을 보고 한숨을 내쉬다가도 예쁜 옷을 보면 꼭 사야 할 것만 같았다. 둘이 살기에 충분한 집이었지만 여분의 방이 없어서 아쉬워했다. 집에서 여백을 발견하면 화분이나 가구 등으로 자꾸만 채우고 싶어졌다. 가진 것들이 충분한데도, 무언가가 더 필요하다고 생각했다. 물건은 많으면 많을수록 좋으니까.

이제는 물건이 없으면 없을수록 좋다. 물건이 필요하지 않다는 사실을 더 적극적으로 증명하려고 한다. 그러려면 내 생활 패턴을 잘 인지하고 있어야 했다. 평소 어떤 생활을 하고 있는지,

식생활은 어떤지, 집에서는 어떻게 시간을 보내는지에 대해서. 내 생활을 누구보다 잘 이해하고 받아들이자 나에게 어떤 물건이 필요한지도 잘 알게 됐다. 물건이 전보다 줄었는데도 생활은 불편함 없이 유지됐다. 나는 이미 필요한 만큼의, 아니 그보다 더 많은 물건을 가지고 있었다. 많은 시간과 노력을 들여서 가지고 있던 물건을 비워낸 지금, 이제 이렇게 대답할 수 있게 됐다. '나에게 필요한 물건은 충분하게 가지고 있다'고.

2. 단지 미련이 남아서 가지고 있는 것은 아닌가?

어렸을 때부터 그림 그리는 것을 좋아하던 나는 애니메이션을 만드는 사람이 되겠다고 다짐했다. 7살쯤, 만화영화를 보면서 처음으로 내가 그린 그림이 저렇게 움직였으면 좋겠다고 생각했고, 커가면서는 재미있는 이야기를 만들어서 많은 사람에게 들려주고 싶다고 생각했다. 시간이 지날수록 꿈은 커져서 '월트 디즈니'를 꿈꾸기도 했다.

집 여기저기에는 꿈을 위해 사들였던 물건들이 아무것도 되지 못한 채 남겨져 있었다. 선명하지 않은 미래에 대한 미련 때문에 비우지 못하고 있었지만 이미 내 꿈은 달라진 상태였다. 나의 성향과 잘 맞는 방향으로 목표도 수정했다. 그래서 관련된 모든 물건을 비우기로 마음을 먹었다. 쉽지 않은 결정이었지만, 누구보다 나를 위해서 비워내야 했다.

영화 연출법, 애니메이션 제작 기법 등 애니메이션 관련 서적과 물건이 생각보다 더 많다는 걸 알고 씁쓸함과 함께 슬퍼지기까지 했다. 이것들을 살 때 내가 어떤 마음이었는지 누구보다 잘 알기 때문이기도 했고, 꿈을 이루지 못한 채 그만두기로 마음먹은 내가 안쓰럽기도 했기 때문이다. 하지만 그것도 잠시, 점점 홀가분해졌다.

미련이 묻은 물건을 과감하게 시야에서 치우자 마음속에 남겨둔 미련도 자연스럽게 비워졌다. 거짓말 살짝 보태서, 나는 미련 가득한 물건들을 비우며 새롭게 태어나는 것 같았다. 이루지 못한 꿈에 얽매여 있던 발걸음이 한결 가벼워졌고, 마음속 빈자리에 또 다른 희망을 채울 수 있게 됐다. 대단한 영화나 애니메이션이 아니더라도, 나만의 이야기를 하며 살아가게 될 거라는 믿음도 생겼다.

언젠가 못다 이룬 그 꿈이 다시 나를 찾아올 수도 있다. 그때는 마음의 문을 활짝 열고, 미련을 걷어낸 바로 그 자리에 반갑게 맞아줄 것이다. 비워냈기 때문에 가능한 일이다.

3. 같은 아이템을 다시 사지 않을 거라고 장담해?

나에게는 니트 가운이 하나 있다. 일상생활에서는 거추장스러워서 자주 찾지 않는 옷이지만, 여름철 바닷가나 따뜻한 곳으로 여행 갈 때엔 꼭 필요한 아이템이다. 당장 입지 않는다는 이유로

이 옷을 비우려다가 나에게 질문하게 됐다.

"같은 아이템을 다시 사지 않을 거라고 장담해?"

쉽게 대답할 수 없었다. 여름이 찾아오면 비슷한 옷을 찾을 게 뻔했기 때문이었다. 뜨거운 여름 햇볕을 차단해 피부가 달아오르는 것을 방지해주고, 에어컨 때문에 쌀쌀한 내부에서는 몸을 따뜻하게 감싸주는 아이템이 분명하니까. 비워낸다면 다음 여름, 비슷한 아이템 앞에서 서성일 것 같았다. 그래서 옷장에 다시 넣어두기로 했다.

물건을 비우는 데 집중하다 보면 당장 쓰는 물건이 아니라면 무조건 버리고 싶은 마음이 커지는데, 다행스럽게도 아직까지는 물건을 비우고 후회한 적은 없다. 아마도 이 질문 때문이 아닐까? 앞으로도 물건을 비울 때, 혹은 비울까 말까 고민될 때, 스스로 질문할 것이다. 함부로 물건을 비워낸 나를 탓하거나 미니멀리즘 생활을 후회하는 불상사를 막기 위해서.

4. 나를 위한 물건인가, 남을 위한 물건인가?

물건을 비우다 보면 '이거 왜 샀지?' 하고 의아해지는 물건들이 나온다. 나의 취향도 아니고, 내 생활에 딱히 쓸모도 없지만 집 안 어딘가에 버젓이 자리를 차지하고 있는 물건. 애써 모르는 척해보려 하지만 사실 그 물건들이 존재하는 이유를 잘 알고 있었다. 남에게 보여주기 위한 마음이었다. 더 정확히 말하면 더 나은 사람처럼 보이기 위해 나를 포장하는 물건.

평소에 남의 시선을 신경 쓰지 않는다고 생각했지만, 시선에서 완전하게 자유로울 수 없었던 나는 남들 앞에서 조금이라도 '있어' 보였으면 했나 보다. 예를 들어, 선물 받은 고급 브랜드의 디퓨저를 다 썼는데도 여전히 화장실에 '전시'해두었고, 유행하는 신발은 더 이상 신지 않음에도 신발장에 남겨두었다. '나도 이런 거 사봤고 써봤어'라고 말하고 싶은 듯이. 하지만 놀랍도록 아무도 그 물건들에 관심을 주지 않는다는 사실을 알게 됐다. 더군다나 실제로 살다 보니 나에게는 그 관심이 정말 1원 어치만큼도 필요하지 않았다. '있어 보이는 것'은 또 뭔지!

고작 얼마 전의 내 모습인데도 창피했다. 어쨌든 그런 물건들을 싹 비워냈다. 이제 우리 집에는 나에게 정말 필요한 물건만 존재할 수 있기 때문이었다.

나를 위한 물건인지, 남을 위한 물건인지를 스스로에게 계속해서 물으며 물건을 비운다. 그러다 보니 어느새 화장품의 종류와 개수가 줄고, 옷의 양이 줄고, 나를 불편하게 만드는 물건이 줄고, 장식품이 줄어들었다. 내 공간에는 나를 위한 물건만이 남게 됐고, 덕분에 내 일상은 한층 편안해졌다.

5. 이 물건을 보고 있으면 마음이 편한가?

보고 있으면 이상하게 마음이 불편해지는 물건이 있다. 그런 물건들은 값비싸지만 잘 사용하지 않고, 처분하기도 번거로워 그냥 가지고 있게 된다는 공통적인 특징이 있다. 액세서리를 많이 하지 않는 내게는 많게 느껴지는 목걸이나 귀걸이, 비싼 돈을 주고 구입했지만 발이 아파서 신지 못하는 구두, 오랫동안 차고에 방치되고 있는 남편의 서핑 보드, 사용하기 까다로운 카메라 짐벌 같은 것이었다. 물론 자주 사용하면서 필요를 충족할 수만 있다면 가지고 있어도 절대 손해는 아니었지만, 그 반대인 상황에서는 물건을 볼 때마다 마음만 불편해졌다.

가지고 있으면 기분 좋은 물건들도 넘치는데, 굳이 마음이 불편한 물건들을 남길 필요는 없다. 몇 번 써보지도 못한 카메라 짐벌은 반값에 판매했고, 서핑 보드는 시누이에게 줬고, 구두는 기부했다. 아까운 마음도 잠시, 비우고 나니 마음과 공간이 개운해졌다. 대만족이다!

중고 거래에 발을 들이다

내 물건에 대한 소유욕인지 애정인지 모를 마음으로, 아무리 쓸모없는 물건이더라도 버리는 대신 집 어딘가에 방치한 채로 잘 살아왔다. 특히나 중고 거래는 나와는 먼 이야기였다. 중고 거래를 생활처럼 하는 누군가를 보며 부지런하고 야무지다고 생각만 할 뿐이었다. 그러던 내가 중고 거래에 발을 들였다. 결혼 생활로 불어난 물건과 쓰지 않는 물건들을 비우기 위해서였다.

물론 쓰지 않는 물건을 기부하거나 필요한 사람에게 나눠주기도 했지만 비싼 물건이나 거의 쓰지 않은 물건은 중고로 판매하는 게 좋겠다고 판단했다. 물건에 대한 욕심은 사라졌지만 물건을 중고로 팔아서 조금이라도 이득을 남기고 싶다는 욕심은 남아 있어서였다. 본래 목적을 되새겨보면 쓰지 않는 물건을 당장 없애는 것이 더 중요하니 손해 보는 기분이 들더라도 비우는 것에 집중하면 됐지만, 자꾸 망설여졌다. 물건을 버리려고 하면 원

래의 가격이 떠올랐다. 시간이 지나면 물건의 가격이 당연히 떨어지는 것을 알면서도 미련이 스멀스멀 나를 감쌌다.

　처음에는 중고로 물건을 판매하는 일이 내키지 않았다. 물건을 비우기 위해 어쩔 수 없이 선택한 방법이었기 때문이었다. 하지만 하나씩 물건을 팔다 보니 점점 거래 자체가 재미있어졌다. 큰 노력 없이 내 손에는 지폐가 쥐어졌고, 그 돈은 통장 잔고에 손대지 않고 간식을 사 먹을 정도로는 집안 살림에 보탬이 됐다.

　남편과 나는 팔 만한 물건을 찾아 열심히 중고 마켓에 올렸다. 하지만 어느 순간, 버는 돈 이상으로 시간과 에너지를 많이 할애하고 있다는 사실을 알게 됐다. 매물로 올려둔 물건이 팔리지 않아서 스트레스를 받기도 했고, 낯선 사람을 만나는 일이 반복되자 크게 어려운 일이 아닌데도 버겁게 느껴졌다. 예상치 못한 일이 벌어지기도 했다. 시간 약속을 지키지 않는 사람, 만나서 갑자기 볼멘소리를 하며 값을 깎는 사람, 물건을 건네받으면서 굳이 하지 않아도 될 한두 마디를 덧붙이며 내 기분을 상하게 만드는 사람 등을 만나다 보니 상처도 받았다. 분명 좋은 사람이 더 많았지만 나쁜 상황들은 마음속 깊게 생채기를 냈다. 그래서 자꾸만 후회하기 시작했다.

　애초에 중고로 판매할 일을 만들지 않았으면 좋았을 텐데. 쓰지도 않을 물건을 너무 쉽게 샀던 지난날의 내가 밉기도 했다.

욕심쟁이인 나는 여전히 물건을 조금이라도 비싸게 팔고 싶다. 적어도 더 이상 팔 물건이 남지 않을 때까지는 이 욕심이 존재할지도 모른다. 하지만 앞으로는 정말 신중한 소비를 하자고 남편과 다짐했다. 잠깐 필요하다고 무작정 구입하는 대신 집에서 대체품을 찾아보고, 써보지 않은 물건을 사기 전에는 가능하다면 대여해서 미리 사용해보자고도 이야기했다. 카메라처럼 비싸지만, 사용하기 까다로운 장비들은 특히 조심해야 한다. 그렇지 않다면 가까운 미래에 우리는 또 후회하며 아쉬운 마음으로 가격을 책정하고, 여러 사람과 흥정을 한 후에야 겨우 물건을 비워낼 테니까.

저렴한 가격으로 내놓아도 팔리지 않는 물건들 역시 있다. 결국 기부하거나, 필요한 누군가에게 나눔하거나, 버리게 될 거다. 아까운 마음이 들지만 어쩔 수 없다. 어쩌면 남편과 나는 미니멀리스트가 되기 위해 비싼 교육비를 지불한 것일지도 모른다. 그 대가로 가벼운 삶을 살게 됐다고 생각하면 아깝지 않다. 오히려 이득을 본 쪽은 우리였기 때문이다.

우리는 중고 거래로 물건도 비울 수 있었고, 가계 경제에 도움이 될 만한 약간의 돈을 벌기도 했다(물론 원래 썼던 돈의 일부가 되돌아온 것뿐이지만). 원하는 목적을 달성했으니 중고 거래는 참 매력적인 물건 비우기 방법 중 하나임은 확실하다. 그럼에도 나

는 중고 거래가 습관이 되지 않도록 경계하고 있다. 일단 사보고 '안 쓰면 중고로 팔아버리겠다'는 식의 마음가짐이 나의 소비 습관에 좋은 영향을 주지는 않기 때문이다.

나는 오래 사용할 수 있는 물건을 최우선으로 고려하는 소비 습관을 들이기로 했다. 물건을 비워낼 필요가 없도록, 애초에 쓸모없는 물건을 집 안으로 들이지 않겠다는 다짐이다.

✕
　✕
✕

좋아하는 물건이라도
관리를 못 한다면

　　회사에서 일하던 도중 우연히 애니메이션 〈심슨네 가족들〉 속 심슨 가족의 집이 레고로 출시된다는 것을 알게 됐다. 심슨은 내가 가장 좋아하는 애니메이션이자 좋아하는 캐릭터 중 하나였다. 애니메이션에 다양한 사회적 이슈가 반영되어 있는 것이 특히 좋았다. 재수생 시절에는 독서실에서 귀가한 늦은 새벽마다 '투니버스' 채널에서 방영해주는 심슨 애니메이션을 보며 고단한 마음을 달래기도 했다('심슨 올 나잇'이라는 이름으로 늦은 새벽까지 방영되어 재수생의 잠을 빼앗았다). 그런 기억이 있어서일까. "심슨을 보니까 네 생각이 났어"라는 말을 들을 만큼 유난히 심슨에 대한 애착이 있었다. 그런데 무려 심슨 하우스가 레고로 나온다는 것이다.

　　"어머, 이건 사야 해!"

애니메이션과 99% 닮은 심슨 레고 하우스를 몇 날 며칠 떠올릴 만큼 원했지만 비싸기도 했고, 조립하고 난 이후에 딱히 둘 곳도 없어서 마음에만 담아두기로 했다. 거의 30만 원이라니! 레고가 원래 이렇게나 비쌌나. 이제야 어릴 적에 아무리 졸라도 새로 나온 레고 시리즈를 쉽사리 사주지 않았던 부모님의 마음이 이해됐다. 애타는 마음은 그저 심슨 하우스를 구입해서 조립 과정까지 올려놓은 블로그들을 보며 달랬다.

그로부터 몇 달이 지난 뒤, 갑자기 나에게 심슨 하우스가 생겼다. 오랜 기간 끙끙 앓던 날 보고 남자친구(현 남편)가 선물한 것이다. 노랗고 커다란 상자가 내 손에 들어왔다. 몇 달 동안 갖고 싶었던 물건이 내 것이 됐다는 게 믿겨지지 않을 만큼 꿈같은 순간이었다. 며칠 동안 이 즐거움이 끝나지 않기를 바라면서 신나게 조립했고, 드디어 심슨 레고 하우스가 완성됐다. 생각했던 것보다 훨씬 예뻤고, 귀여웠다. 보는 것만으로는 아쉬워서 구석구석 사진을 찍었고, 인형놀이 하듯이 피규어들을 들고 심슨 하우스를 돌아 다니기도 하며 어린아이처럼 놀았다. 보기만 해도 배부르다는 표현은 이럴 때 쓰는 걸까?

하지만 그것도 잠시였다. 그날 이후 심슨 레고 하우스는 플라스틱 상자 안에 넣어져 남자친구의 옷장에 들어갔고, 몇 년이 지나서야 신혼집 안방의 서랍장 한가운데에 자리를 잡을 수 있었다. 여전히 좋아하는 마음이 컸기에 한동안은 심슨 레고 하우스를 바라볼 때마다 즐거워했지만, 익숙해지자 어느 순간부터는 바라보지도 않게 됐다. 관심이 떨어진 만큼 굳게 닫힌 심슨 레고 하우스 위로는 먼지가 소복하게 쌓여갔고, 나는 그것을 지켜보기만 했다. 결국 미니멀 라이프 시작 이후 얼마 지나지 않아 심슨 레고 하우스는 우리 집에서 비워질 대상이 됐다.

   심슨 레고 하우스를 비우기로 마음은 먹었지만, 남편에게 어떻게 말하면 좋을지 고민됐다. 이 레고는 남편이 사준 선물이기도 하고, 함께 조립하면서 즐거웠던 추억도 있었다. 또 남편은 여전히 이 심슨 레고 하우스를 좋아할지도 몰랐다. 혼자 수많은 생각을 하다가 조심스럽게 남편에게 물었다. "심슨 레고 하우스 말이야. 팔면 어떨까? 자기가 싫다고 하면 안 팔게!" 남편은 나의 조심스러움이 민망해질 정도로 너무 쉽게 대답했다. "팔고 싶으면 그렇게 해. 나는 상관없어!"
   남편은 원래 레고 조립하는 것을 좋아한다. 그래서 우리 집에는 연애 시절부터 모은 작은 레고가 많았다. 조립할 때만큼은 그 어떤 아이보다 신나게 즐기는 남편이라서 서운해할지도 모른다고 생각했는데 웬걸, 남편은 그저 조립하는 과정만 좋다는 것이었다. 누군가는 완성된 형태를 가지고 싶어 하지만(나) 남편은 조립하는 과정 때문에 레고를 좋아한다는 사실을 알고 놀랐다. 내가 남편을 몰라도 한참 몰랐던 거다. 이렇게 심슨 레고 하우스는 중고 매물로 커뮤니티에 올라가게 됐다.

과거의 내가 이 소식을 들었다면 아마 깽판을 부리고도 남았을 것이다. 다시 사내라는 둥, 내가 얼마나 갖고 싶어 했는지 모르냐는 둥, 현재의 나에게 갖은 욕을 퍼부을 게 뻔하다. 어떤 물건을 팔 때보다 아쉬웠지만 "아들이 좋아할 거예요. 감사합니다"라는 말을 듣고는 쓰린 마음이 따뜻하게 코팅됐다. 아들을 위해서 먼 곳까지 달려온, 따뜻한 마음씨를 가진 부모님이었다. 좋은 분들에게 가는 것 같아서 안심도 됐다. 부디 나의 심슨 레고 하우스가 새 집에서 행복하기 바랐다. 그렇게 우리는 아주 좋은 때에 아름다운 이별을 했다.

헤어짐이 힘들 것이라는 사실을 알고 있었는데도 이 물건을 중고로 판 가장 큰 이유 중 하나는, 좋아하는 물건이지만 내가 잘 관리해주지 못해서였다. 아크릴 장식장에 만들어서 전시해두었다면 모르겠지만, 나는 레고는 실제로 가지고 놀아야 한다고 생각하는 실용주의자다. 그런데 제 기능은커녕 생활공간에서 관심받지 못하고 다른 물건들에 둘러싸여가는 것이 마음 아팠다. 무엇이든 소유하기만 하면 끝나는 것이 아니라 꾸준하게 돌봐줘야 하는데, 그러지 못하고 방치만 해두었다. 나는 게으르

현재의 나   과거의 나

고 나쁜 소유자였다. 누가 좋아하는 그림 중 하나인 빈센트 반 고흐의 〈아를의 침실〉 진품을 준다 해도 게으른 나는 아마 거절할 것이다. 그럴 일은 100번 넘게 죽었다가 깨어나도 없겠지만. 매일 밤 불안에 떨며 집이 습해질까, 건조해질까, 집에 불이라도 날까, 도둑이 들까 불안해하며 살아가는 것은 생각만으로도 버겁다. 좋아하는 그림은 컴퓨터 화면이나 전시장에 가서 보는 편이 더 좋다.

　그래서 나는 심슨 레고 하우스를 실제로 소유하는 대신, 함께 했던 지난 5년을 마음속에 오래도록 기억해두는 쪽을 택했다. 슬픈 마음도 들지만 물건 관리를 제대로 못하는 사람에게는 이 편이 더 깔끔하다.

Chapter 2

버려지는 쓰레기도 줄이고 싶어서

※
　※
※

쓰레기를 줄일 수 있을까

　　살림을 하게 되면서 놀랐던 사실이 하나 있다. 바로 한 가정에서 하루에 발생하는 쓰레기양이다. 며칠에 한 번, 쓰레기를 내다 버리는 날이면 두 사람의 양손 가득히 들린 쓰레기를 보며 뭘 이렇게 많이 썼냐고 남편과 서로 놀라곤 했다. 일주일에 두 번씩 커다란 쓰레기차가 꼬박꼬박 쓰레기통을 비우러 오는데도, 쓰레기통은 항상 가득 차 있었다. 여덟 가구가 함께 쓰는 커다란 쓰레기통이 꽉 차서 쓰레기를 버리지 못한 날도 있었다. 가끔씩 이렇게 많은 쓰레기가 어디로 갈까 궁금하기도 했지만 딱히 마음에 두지는 않았다. 어차피 나랑 상관없는 일이라고 생각했기 때문이었다.

　　놀라움을 넘어 죄책감까지 느끼기 시작한 것은 미니멀 라이프를 시작한 이후였다. 더 이상 쓸모가 없어져서 집에 둘 이유가 없어진 물건들을 바깥으로 내버리는 일이 자주 반복됐다. 대용량 쓰레기를 수거하는 차가 집 앞으로 오는 매달 셋째 주 목요일이면 평소에 처리하기 어려운 커다란 물건들을 내놓았다. 거슬리던 큰 물건을 내놓고 빈손을 털면서 집으로 들어오면 그렇게 개운할 수가 없었다. 그 시기가 되면 길거리에는 각종 가구와 가전제품이 줄지어 서 있었다.

　처음에는 쓰레기가 우리 집, 내 공간, 내 시야에서 사라지는 것만으로 할 일이 끝난 것 같았다. 하지만 곧 내다 버린 물건들의 행선지가 궁금해지기 시작했다. 어디선가 다시 쓰이기를 바랐지만, 대부분은 재활용되지 못하고 쓰레기로 전락해서 매립된다는 것을 알게 됐다. 잘 썩지 않는 플라스틱이 바다로 흘러 들어가 생태계에 악영향을 끼친다는 사실도 알게 됐다. 바다는 병들었고, 생물들은 영문도 모른 채 죽어갔다. 나와 멀리 떨어진 태평양 한가운데에서 내가 버린 쓰레기가 발견될지도 모른다는 사실이 두려워지기도 했다. 먼 바다에서 일어나는 일이므로 나와는 관계없는 이야기인 것 같지만 사실 나의 식탁과 건강에도 영향을 끼치는 일이었다. 아무렇지 않게 버리던 쓰레기를 이제 조금이라도 줄여야겠다고 생각했다. 지구인으로서 그 정도 노력은 해야 했다(다큐멘터리 〈A Plastic Ocean〉 참고).

물건 사는 일을 좋아하면서도 매일 손에 닿는 생필품에 이상하게 관심이 없었다. 세탁제나 주방세제, 샴푸나 보디 워시 같이 매일 사용하는 물건 말이다. 그저 세일을 하거나 향이 좋거나 쉽게 살 수 있는 것을 주로 사용했다. 이유는 없었다. 정말 뭘 쓰든 상관이 없었을 뿐이다. 하지만 이제는 관심이 아주 많아졌다! 우선 우리 집에서 사용되는 물건들을 꼼꼼히 따져보며 대체가능한 물건이 있을지, 또 쓰레기를 줄일 수 있을지 찾아봐야 했다.

'쓰레기를 줄이는 방법'을 검색해보다가 아주 자연스럽게 '제로 웨이스트 운동'을 알게 됐다. 제로 웨이스트는 쓰레기의 사용과 배출을 최소화하려는 움직임으로, 실생활에서 발생되는 쓰레기, 특히 비닐봉지나 플라스틱 용기 같이 썩지 않는 소재의 사용을 줄이려는 실천을 말한다. 말만 들었을 때는 크게 어렵지 않게 느껴지지만 내 생활반경을 조금만 둘러봐도 제로 웨이스트가 얼마나 어려운지 알게 된다. 수많은 일회용품에 둘러싸여 살아가던 내가 과연 플라스틱 없이 지낼 수 있을까.

할 수 있는 것부터 하나씩

갑자기 "플라스틱으로 포장된 물건은 절대 사지 않겠다!"라고 선언한다면 나는 시작도 하기 전에 지레 겁을 먹고 포기할지도 몰랐다. "나는 못해", "나 한 명이 참여한다고 달라질까?" 하면서. 사실 플라스틱을 완벽하게 사용하지 않는다는 것은 거의 불가능에 가깝다. 나에게 필요한 물건의 반 이상이 플라스틱이나 비닐 포장재 안에 들어 있기 때문이다. 그렇다고 하더라도 바꿀 수 있다면 바꾸고 싶었다. 아무것도 하지 않으면 안 될 것 같았다.

우선 내가 할 수 있는 것부터 하나씩 바꿔나가기로 했다. 그나마 다행인 것은 이미 많은 사람이 플라스틱의 대안을 찾는 중이라, 나 같은 사람도 쉽게 따라 할 수 있는 방법과 물건들이 공유되고 있다는 점이었다.

대나무 칫솔

평생 동안 사용했다고 해도 과언이 아닌 플라스틱 칫솔 대신 생분해가 가능한 대나무 칫솔을 구입했다(생분해란 유기물질이 미생물에 의해 자연스럽게 분해되는 현상이다. 플라스틱은 석유로 만들어진 고분자 유기화합물이기 때문에 미생물에 의해 분해되기가 매우 힘들다. 반면 대나무, 옥수수 등을 원료로 만들어진 생분해 플라스틱은 토양에서 비교적 쉽게 분해된다).

생필품을 필요할 때마다 구입해서 쓰는 습관 덕에 쌓아둔 칫솔이 따로 없었고, 덕분에 대나무 칫솔을 가장 먼저 사용해볼 수 있었다. 대나무 칫솔은 다른 칫솔에 비해 구하기 어려울 줄 알았는데, 호주에서는 심지어 대형 마트에서도 구입할 수 있었다(한국에서는 인터넷 쇼핑몰이나 친환경 마트에서 쉽게 구입할 수 있다). 같은 칫솔 섹션에 떡하니 있었는데도 대나무 칫솔의 존재조차 몰랐다는 것이 살짝은 부끄러웠다. 나의 손은 익숙한 물건으로 향했고, 지갑은 익숙한 소비를 위해 열리고 있었던 것이다.

대나무 칫솔의 외향은 일반적인 플라스틱 칫솔과 비교하면 다소 소박하다. 대나무로 만들어진 칫솔대와 적당히 탄력 있는 칫솔모. 화려한 디자인이나 색깔 없이 딱 필요한 형태만을 하고 있다. 그 모습에 양치가 제대로 될까 하는 의문도 들었지만, 막상 사용해보니 제 역할은 충실히 해냈다. 대나무 칫솔의 포장재 역시 대부분 종이나 생분해 비닐이라는 점도 마음에 들었다. 칫솔모가 플라스틱 칫솔모보다 약하긴 했으나 사용하는 데 큰 불편함은 없었다.

시간이 지날수록 대나무 외에도 옥수수나 사탕수수를 원료로 한 친환경 칫솔 등 다양한 대안 칫솔이 출시되고 있다. 기쁘다. 계속해서 더 나은 방안을 모색하려는 움직임이 느껴져서.

소프넛(소프너트)

다음은 세제였다. 빨래를 하면서 세탁제에 대한 불만이 많았다. 세탁기의 문제인지 내 문제인지 모르지만 가루 세제로 빨래를 하고 나면 세제가 옷에 하얗게 남아 있는 경우가 많았다. 그 꼴이 보기 싫어서 액상형 세탁 세제로 바꿨다. 잔여 세제가 눈으로 보이지는 않았지만 빨래에서 꿉꿉한 냄새가 가끔씩 났다. 몸에 닿는 옷이라서 더 예민하게 반응했지만 대안책이 없다고 생각했었다.

그러다 소프넛을 알게 됐다. 소프넛은 인도나 네팔 지역에서 자라는 무환자나무(소프베리라고도 불린다)의 열매로, 열매 표면의 사포닌 성분이 세제 역할을 해주는 완벽한 천연 세제다. 게다가 소프넛은 세탁뿐 아니라 설거지할 때에도 사용할 수 있었다. 1석 2조였다. 세제 개수도 줄일 수 있고, 플라스틱 쓰레기의 양도 줄일 수 있다니 사용해보지 않을 수 없었다.

운이 좋게도 동네 오가닉 숍에서 소프넛을 판매하고 있었다. 500g에 25호주달러(2만 원) 정도였다. 2kg에 20호주달러(15,000 원)짜리 일반 세제보다는 비쌌지만 시도해볼 만한 가격이었다. 사용 방법은 간단해서, 소프넛을 사면 주는 작은 면 주머니 안에 소프넛 5~6개를 넣고 함께 빨래해주면 된다. 열매는 그 이후에도 4~5번까지는 사용 가능하다.

세탁 효과가 대단하지는 않다. 기대한 것보다는 괜찮았지만 진한 오염은 세탁 이후에도 남아 있었다. 그래도 괜찮았다. 사실 그 전에 쓰던 세제들도 완벽한 세척 효과가 있었던 것은 아니니까. 빨래에서 찝찝한 냄새만 나지 않는다면 내 기준으로서는 합격이었다. 결론은 소프넛 합격! 물론 설거지에도 합격!

샴푸 바와 올인원 비누

플라스틱 사용을 줄이기 위한 또 하나의 대안으로, 종이로 포장된 '샴푸 바'를 써보기로 했다. 사용하던 샴푸를 다 쓰자마자, 입문하기 가장 수월한 친환경제품 브랜드인 '러쉬(Lush)'로 달려가 처음으로 샴푸 바를 구입했다. 비누를 쓸 때처럼 머리카락이 뻑뻑해지지는 않을까, 거품은 잘 날까. 뭐든 바로 해봐야 직성이 풀리는 나는 호기심이 가득한 채로 집으로 돌아오자마자 머리를 감아보았다. 샴푸 바를 물에 살짝 적신 뒤, 머리에 가져다대니까 바로 거품이 생겼다. 분명 비누보다는 부드럽지만 다

소 뻑뻑하긴 했다. 머리를 다 말린 뒤에도 머릿결이 확실히 샴푸로 감았을 때와는 다른 느낌이었다. 그렇다고 해서 샴푸를 다시 써야겠다는 생각은 들지 않았다.

그다음에는 몸을 씻는 보디 워시를 비누로 바꿨다. 머리부터 발끝까지 사용 가능한 올인원 비누였다. 비누 하나로 머리도 감고, 세안도 하고, 몸도 닦아낼 수 있었다. 여행할 때도 올인원 비누 하나만 잘 챙겨 가면 되니 간편해서 더 마음에 들었다. 무엇보다 비누 형태라서 다 쓰고 나서도 쓰레기가 발생하지 않는다는 것이 가장 큰 장점이었다. 구입하는 걸 넘어서 나에게 딱 맞는 올인원 비누를 만들어보고도 싶어졌다.

옥수수 전분 봉투

한국과 다르게, 호주에는 쓰레기를 버리는 종량제 봉투가 따로 없다. 그냥 아무 비닐봉투에 음식물 쓰레기까지 함께 모아 집 밖 쓰레기통에 배출하는 방식이다. 우리 집은 주로 마트에서 물건을 구입하면 주는 무료 비닐봉투에 쓰레기를 담아 버렸다. 하지만 2018년 하반기부터 호주의 대형 마트들은 소비자에게 일회용 쇼핑 봉투를 제공하는 대신 재활용이 가능한 봉투를 판매하기 시작했다.

쓰레기를 내다 버릴 봉투가 필요해졌고, 우리는 마트에서 옥수수 전분 봉투를 발견했다. 땅에 묻으면 쉽게 썩는 생분해 비닐이었다. 일반 비닐보다 쉽게 찢어졌고, 다른 비닐보다 가격이 조금 더 나간다는 단점이 있었지만 썩지 않는 비닐보다 훨씬 나은 선택지였다. 한국에서도 대형 마트에서 옥수수 전분 등으로 만든 생분해 비닐에 채소를 포장하거나 생분해 가능한 음식물 쓰레기봉투를 사용하려는 움직임이 보인다고 했다.

실제로 사용해보니 봉투가 물에 쉽게 짓무르는 점이 조금 불편했지만, 불만이 생기기보다는 오히려 안심됐다. 말만 그럴싸하게 광고하고 썩지 않는 봉투가 있다는 이야기를 들은 직후였기 때문이다. 내구성이 약하더라도 잘만 썩어준다면 바랄 게 없었다.

실리콘 랩

남은 음식을 그릇째 보관할 때, 남편 도시락에서 국물이 새지 않도록, 샌드위치를 싸면서, 먹다 남은 채소나 과일을 포장할 때마다 일회용 위생 랩을 썼다. 편하다는 이유로 아예 식당에서 주로 사용하는 대용량 위생 랩을 사두고 애용했다. 주방 살림에 편리함과 쾌적함을 주는 제품이었지만 자주 쓰는 만큼 쓰레기가 나와도 너무 나왔다. 분명 대체 방법이 있을 거라 생각해서 열심히 인터넷을 찾아봤고, 곧 실리콘 랩을 발견했다. 반영구적으로 재사용 가능한 랩이라니!

실제로 잘 쓰게 될지 리뷰와 실사용 동영상을 꼼꼼히 살피고, 그 후에도 오랫동안 고민하다가 실리콘 랩을 구입했다. 사용 후 깨끗하게 세척하고, 건조해야 하는 불편함이 따랐지만 쓰레기를 줄일 수 있다면 견딜 만하다고 생각했다. 성능은 기대 이상이었다. 사이즈만 맞으면 어디에든 쉽게 밀착됐고, 음식물이 새는 경우도 없었다.

물론 자주 사용하다 보니 생활감 때문에 처음보다 흐물거려서 밀봉이 풀리기도 했다. 그러나 살림 솜씨가 늘었는지, 아니면 먹을 만큼만 음식을 만드는 습관이 들어서 그런지 실리콘 랩이 필요한 순간이 점점 줄고 있다.

어찌 보면 이렇게 랩이 필요한 상황을 만들지 않는 것이 가장 현명할지도 모르겠다. 여분의 밀폐용기가 있다면 그것을 활용하는 편도 괜찮다. 내 경우에는 집에 밀폐용기가 많이 없었고, 이왕 산 거니까 꾸준히 활용하고 있다. 특히 급할 때는 실리콘 랩이 있다는 게 얼마나 반가운지 모른다. 든든한 살림템이랄까.

✕
　✕
✕

달라질 것이라는 믿음으로
내딛는 한 걸음

처음에는 어색하기도, 불편하기도 했지만 생활에서 사용하는 물건들을 하나씩 바꿔 나갔다. 그럼에도 플라스틱이나 일회용 포장재에서 완전히 자유로워지지 못했다. 최대한 포장되지 않은 것을 구입하려 했지만 그 노력이 무색하게도 나는 여전히 쓰레기를 많이 만들어내는 사람이었다. 내가 할 수 있는 한 조금이라도 더 쓰레기를 줄이고 싶다는 욕심이 생겼다. 그러자 나의 손이 닿는 물건뿐 아니라 생활 습관까지도 천천히 달라지기 시작했다.

유리 공병 재활용하기
그저 재활용 쓰레기로만 인식해왔던 유리 공병이 미니멀 라이프 이후로는 실용적인 물건으로 보이기 시작했다. 파스타 소스 병은 조리도구와 숟가락, 젓가락 등을 담는 통으로, 남은 식재료를 보관하는 용기로, 세제로 쓰는 소프넛 엑기스를 담아두는 용도로 사용했다. 예쁜 음료수병은 꽃이나 식물을 꽂아두는 꽃병으로 써봤지만 그다지 유용하지는 않았다. 입구가 작기 때문이었다. 유리병은 웬만하면 입구가 넓은 것이 좋다. 사용 후 세척하기에도, 물건을 담아두기에도 편리해서다.

유리병의 새로운 역할을 발견한 직후에는 식재료를 살 때, 다른 용도로 재사용하기 편리한지를 기준으로 고르기도 했을 정도다. 처음에는 플라스틱 용기를 피하고 싶어 선택한 유리병이었지만, 시간이 지날수록 우리 집의 유용한 살림템이 됐다.

손수건과 면수건 사용하기

한동안 출근하는 남편을 위해 도시락을 쌌다. 국물이나 소스가 흐를까 봐 매번 도시락 통을 일회용 비닐에 한 번 더 포장했고, 숟가락과 젓가락도 마찬가지였다. 남편 도시락을 쌀 때마다 일회용 비닐봉투가 기본 세 장 이상 사용됐다.

일회용 비닐을 더 이상 구입하지 않기로 결심한 뒤에는 도시락 통을 아예 잘 새지 않는 튼튼한 것으로 바꿨다. 숟가락과 젓가락은 쓰지 않는 손수건으로 돌돌 말아 다니기로 했다.

주방에서 물 묻은 손을 닦을 때 쓰던 티타월은 이제 식기 건조대 역할까지 해내고 있다. 2년 동안 사용했던 식기 건조대가 녹

슬었다. 물이 고이는 물받이에 철제 다리가 닿아서 부식하기 시작하더니 범위가 점점 넓어진 것이다. 새로운 식기 건조대를 구입하기 위해 몇몇 제품을 알아보다가 아예 사지 않기로 했다. 물때가 자주 끼고, 잘못 관리하면 녹이 스니 대신 잘 마른 티타월을 싱크대 옆에 깔아두고 식기를 말리기로 한 것이다. 물론 타월은 한 번 사용하면 바로 빨아줘야 하지만 식기 건조대를 관리하는 것보다 이쪽이 편했다.

쉽게 사용하고 버리게 되는 키친타월도 바꾸기로 마음먹은 후부터는 깨끗하게 빤 행주를 주로 사용하고 있다. 빨랫거리가 늘어서 처음에는 귀찮기도 했지만 이제 설거지할 때 행주 빨래까지 재빨리 해치우고 있다. 쓰레기를 줄이고, 일회용품에 지출하지 않을 수 있다면 이 정도쯤이야.

비닐봉지 대신 쇼핑 파우치
호주 대형 마트에서 무제한으로 제공하던 비닐봉지가 사라지고, 대신 재활용 가능한 15센트짜리 봉지를 판매하기 시작했다. 변화를 받아들이지 못하는 고객과 점원 사이에서 작은 소란이 일어나기도 했지만, 우리 집을 포함한 대부분은 곧 적응해 장바구니를 챙겨 다니게 됐다. 이로써 비닐의 사용이 현저히 줄은 듯 보였지만 비닐이 완전히 추방된 것은 아니었다. 채소나 과일을 담는 일회용 비닐이 그것이었다.

호주 마트에는 채소나 과일의 반 이상이 포장되지 않은 채 진열돼 있다. 채소나 과일을 원하는 만큼만 구입하는 게 가능했지만, 그중 귤이나 사과처럼 무게를 달아서 계산하는 과일은 한 묶음인 것이 편했다. 마트는 소비자들을 위해 진열대마다 비닐 롤을 걸어두었고, 덕분에 과일 채소 코너를 지나고 나면 카트 안에는 어느새 일회용 비닐이 가득했다.

비닐은 집으로 돌아오면 고스란히 쓰레기통으로 향했다. 고작 한 시간도 사용되지 않은 새 것이었다. 운이 좋으면 내용물과 함께 냉장고에 며칠 동안 보관되다가 버려졌다. 짧으면 한 시간, 길면 일주일, 결국에는 쓰레기통 신세였다. 매일같이 버려진 비닐은 지구 어딘가에서 묻혀 썩지도 않을 터였다. 편리함은 잠시였고 불편한 마음은 계속됐다.

그 불편함을 해소하기 위해서 뭔가 해야 한다고 생각했을 때, 우연찮게 엄마가 챙겨주신 파우치를 발견했다. 적당한 크기에 복주머니 형태라 담긴 게 흘러나올 걱정을 하지 않아도 되는 디자인 등 딱 보기에도 식품을 담기 좋은 파우치였다. 마음 같아서는 동네 오가닉 숍에서 사이즈별로 묶음 판매하는, 친환경적인 느낌이 물씬 나는 코튼 파우치를 구매하고 싶었지만! 이것만으로 충분하니까 주어진 물건을 잘 활용하자고 생각했다. 나와 남편은 그날 이후 바퀴 달린 장바구니 안에 여분의 에코백과 파우치까지 양손 무겁게 마트에 간다. 전과는 다르게 거추장스러운 장보기 풍경이지만, 장을 보고 와서는 버리거나 정리할 것이 줄어서 오히려 간편하다.

물 끓여 마시기

남편과 나는 물을 많이 마신다. 한때는 외출할 때마다 필수품처럼 생수병 두 개씩을 꼭 챙겨 나갔다. 호주의 건조한 날씨 탓도 있지만 한국과 다르게 생수를 마실 수 있는 곳이 얼마 없던 탓이기도 했다. 한국에는 푸드 코트나 은행, 관공서 등에 냉온수기가 당연하다는 듯 설치되어 있지만, 호주에서는 다르다. 대신 길거리에 식수대가 있고, 물통을 가지고 다니며 물을 채워 마신다(호주인들은 수돗물을 마시는 것에 익숙하다. 학교에 다니는 아이들도 각자의 물통을 들고 다니면서 식수대를 이용한다).

우리 두 사람은 수돗물 맛이 별로라고 느껴서, 대신 600mL 생수병 24개짜리 팩을 3묶음씩 사두고 매일 생수를 마셨다. 집에 있을 때도 컵에 물을 따라 마시는 대신 생수병을 선택했다. 거의 2년 넘게 그 생활을 이어갔다. 두 명이 마신 생수를 하루 두 병씩으로만 계산해도 3,000개 정도나 됐다. 그 많은 생수병은 다 어디로 갔을까. 비닐 라벨지도 제대로 분리하지 않은 채 버린 생수병이 과연 재활용됐을까.

더 이상 물을 사서 마시지 않기로 했다. 그리고 선택한 것이 보리차였다. 유리 물병과 보리차티백을 사고, 전기 포트에 물을 끓여 유리병에 담은 뒤 보리차 티백을 우려내 냉장고에 넣어두었다(지금은 티백이 아닌 볶은 보리를 사서 우려 마신다). 외출할 때도 텀블러에 보리차를 담아서 다녔다.

　가방은 무거워졌고, 텀블러는 매일매일 세척해줘야 했다. 우리의 새로운 식수 생활은 생수를 사 먹는 일보다 훨씬 불편했다. 마시고 버리면 끝이 아니라, 손이 많이 가는 여러 단계를 거쳐야 하므로 확실히 귀찮다. 하지만 생수보다 보리차가 더 맛 좋다. 특히나 갈증 나는 여름에 차가운 보리차를 들이키면 끝내주게 행복하다. 물론 가장 반가운 변화는 버려지는 페트병이 눈에 띄게 줄었다는 사실이다(녹차나 옥수수수염차처럼 말린 잎을 우린 물은 이뇨 작용의 우려가 있어서 식수로 대체하기 어렵다고 한다. 보리차나 결명자차 같이 열매를 말린 차를 추천한다).

　고작 작은 습관 하나를 들였다고 당장 큰 변화를 바라는 건 너무도 큰 욕심이라는 사실을 안다. 단지 시작일 뿐인, 정말 좁은 보폭의 한 걸음을 내디딘 것이다. 목적지 없는 긴 여정의 첫 걸음 말이다. 그러나 뿌듯하다. 변화하고 있는 나를 보며, 지난 시간과 달라진 나를 비교하며.

　편리함의 달콤한 유혹을 포기할 수 없는, 나의 나약함은 변화하려 시도하는 작은 습관들을 무색하게 한다. 그렇다고 그만둘 수는 없다. 할 수 있다면 해야 한다. 그게 작은 움직임이든 큰 행동이든, 달라질 것이라는 믿음으로.

Chapter 3

미니멀리스트가 되어가는 중입니다

미니멀 라이프마저
비교를 하다니

　가끔씩 찾아온다는 '미니멀 라이프 권태기'를 한 번도 겪지 않고 물건 비우기를 즐겼다. 매일매일 집 안을 돌아다니며 더 비울 것이 없는지 물건들을 살폈고, 어느덧 습관이 돼서 하루 일과를 비우는 것으로 시작했다. 그 덕분에 물건은 확실히 줄어들었고, 약간의 부지런만 떨어주면 집도 금세 정돈됐다. 변화가 즐거웠고, 나의 목표였던 집안일 줄이기가 이뤄져가는 것 같아서 뿌듯했다. 스스로에게 잘하고 있다고 자주 칭찬해줬다. 계속 이렇게 나아가면 언젠가는 내가 정말 원하는 집을 만들 수 있을 것 같았다.

　그러던 어느 날, 잘 지내고 있던 나에게 갑자기 위기가 찾아왔다. 내 삶을 위해 시작했던 미니멀 라이프를 누군가와 비교하게 되면서부터였다. 문득 다른 사람들의 미니멀 라이프가 궁금해졌다. 다른 사람들도 나와 같은 기쁨을 누리고 있는지, 개운하게 살고 있는지, 어떤 변화를 맞이했는지. 그들의 이야기를 들어보고 싶었다. 요즘은 얼마나 좋은 세상인지, 손가락 몇 번만 움직이면 다른 사람들의 삶을 엿보기도 쉬웠다. '#미니멀 라이프' 태그 하나면 궁금증이 해소됐다.

다른 사람들의 집을 둘러보는 일은 또 다른 재미였다. 각자의 생활 방식에 맞춰 꾸민 깔끔한 공간을 보니 마음이 개운해졌다. 정말 아무것도 없는 집도 있었고, 아기자기한 아이템이 적절하게 배치되어서 인테리어적으로 아름다운 집도 있었다. 남의 집을 구경하다 보니 자극받아 한 번 더 필요 없는 물건을 찾게 됐고, 평소에는 신경 쓰지 않는 부분까지 깨끗이 청소하기도 했다. 하지만 여기까지였다. 나는 점점 우리 집과 다른 사람의 집을 비교하게 됐다. 그리고 타인과 나의 미니멀 라이프까지도 비교하는 상황에 이르렀다.

"아직 우리 집은 이만큼 깨끗하지는 않은데, 아직 나는 이 정도는 아닌데!"

욕심이 나기 시작했다. 집 구석구석을 둘러봤다. 뭔가 더 비우고 싶어졌다. 만만한 거실부터 다시 살피자, 갑자기 소파가 거추장스럽게 느껴졌다. 저 소파를 비우면 거실이 훨씬 더 넓고 깔끔해 보일 것 같았다. 혹은 방에 있는 서랍장을 더 비워보면 어떨까. 서랍장 두 개를 하나로 줄일 수는 없을까. 주방도 더 깨끗하게! 더 완벽했으면 좋겠다면서 스스로를 재촉했다. 뭐라도 더 해보라면서.

별 소득 없이 방 안을 뒤적이다가 마음을 다스리기 위해 소파 위에 몸을 내려놓았다. 소파에 몸을 기대고 멍하니 창밖을 내다보는데 문득, 소파에 누울 수 있다는 사실이 기분 좋아졌다. 누웠다가 앉았다가를 반복하면서 소파가 있다는 것 자체에 감사해졌다. 거실에서 편하게 쉴 공간이 사실상 소파밖에 없다는 걸 깨닫자 정신이 번쩍 들었다.

"소파를 이렇게나 편하고 행복하게 사용하고 있으면서 비우겠다고 생각했다니!"

하루 이틀도 아니고 몇 달 동안, 나는 함께 사는 남편과 서로에게 필요한 물건에 대해서 수많은 대화를 해왔다. 남겨진 물건에는 남겨져야만 했던 타당한 이유가 있었고, 비워진 물건에도 마찬가지로 떠나는 이유가 정확히 있었다. 우리의 생활에 맞게 집을 잘 정돈해가고 있었으면서, 나는 얼굴도 모르고 대화 한 번해본 적 없는 다른 사람들의 사진 몇 장에 우리의 시간과 노력을 물거품으로 만들고 있었다. 단지 우리 집이 다른 사람들의 집보

118

다 덜 '미니멀 라이프'스럽다는 게 이유였다.

대체 나는 왜 우리 집이 미니멀 라이프스럽지 못하다고 생각했을까? 그에 앞서 미니멀 라이프스럽다는 기준은 뭘까? 사실은 미니멀 라이프를 대단히 잘하고 싶었던 걸까? 미니멀리스트가 되는 데도 정답이 있는 걸까? 아니, 도대체 미니멀 라이프를 잘하는 건 또 뭐냐고! 결국 나는 남들에게 미니멀 라이프마저도 인정받고 싶었던 것일까?

새로운 삶과 생활이 안정기에 접어드는 과정을 즐기며 조금씩 더 나아가기를 바랐는데, 괜히 다른 사람들의 삶 주변을 기웃거렸다. 내 생활을 스스로 꾸려나가면서 내 삶을 하찮게 바라보는 시선도 걷어낸 줄 알았는데, 습관처럼 또 남들과 비교해버렸다. 쓸데없는 비교로 생긴 고통은 고스란히 나에게 향했다. 스트레스를 받고 조바심을 내며 불안해했다. 이게 아닌데!

확실히 나는 아직도 갈 길이 멀다. 미니멀리스트로서뿐 아니라, 가벼우면서도 단단한 삶을 살려면. 어쩌면 내가 원하는 삶의 모습은 생활이나 주변 환경보다 나 자체가 달라져야 완성되는 것일지도 모르겠다. 조금 더 스스로에게 관심을 더 가지면 내 삶이 더 나아질 수 있으려나.

미니멀 라이프, 나의 구세주!

　　30대가 되어 호주에 오게 된 나는 이곳에서 조금씩 작아져 갔다. 태어나고 자란 나라에서 살아갈 때와 달리 모든 것이 낯선 것 투성이인 탓에 점점 자신감이 떨어졌다. 아이가 된 기분이 들기도, 반쪽짜리 삶을 사는 불안함이 생기기도 했다. 크게 의식하지 않고 원하는 말을 할 수 있던 때와 계속해서 노력해야지만 겨우 말할 수 있는 상황은 달랐다. 말하기 전에 몇 번이나 생각을 곱씹었고, 틀린 말을 했거나 상대가 내 말을 잘못 알아들은 날에는 하루 종일 우울했다. 답답한 마음이 자주 들었다. 하지만 누구 탓을 할 수 없었다. 이 모든 것은 결국 내가 선택한 일이었으니까. 그래서 나는 이곳에서 별일 없이 사는 것에 만족하며, 그저 살아가고 있었다. 그러던 내가 조금씩 달라지기 시작한 것은 미니멀 라이프를 시작하고부터였다.

하루에 여러 번, 작은 성취감 느끼기

눈을 뜨고 감을 때까지 어떤 물건을 비울까 고민하는 것으로 하루를 보냈다. 물건을 분류하고 비워내는 일이 계속 이어졌다. 매일같이 기부할 것과 버릴 것이 생겼다. 몸은 힘들고 지쳤지만 멈추지 못했다. 물건 정리가 즐거웠던 것도, 집이 점점 깔끔해지는 것도 분명한 이유였지만 그보다 더 확실한 이유가 있었다. 바로 내가 물건 비우는 일에 성취감을 느끼고 있다는 사실이었다.

나의 목표는 항상 거창하고 높은 곳을 향해 있었다. 지금 서 있는 위치에서는 보이지도 않을 만큼 먼 곳을 동경했고, 그것만을 바라보며 달리고 또 달렸다. 일상 속 행복이나 주변의 작은 기쁨은 무시하고, 저 멀리 있는 행복과 영광을 바랐다. 그래서였을까. 반복되는 일상생활 속에서 나는 어떤 성취감도 느끼지 못했다.

하지만 물건 비우기를 시작하고부터 상황은 달라졌다. 비울 물건을 하나씩 살펴서 골라내고, 집을 깨끗하게 정돈하고, 햇빛에 바싹 마른 빨래를 개는 일 하나하나를 통해 성취감과 기쁨을 얻는 나를 발견했다.

거기서 끝이 아니었다. 아침에 일어나면 노트에 할 일을 적었다. 해야 할 일 리스트는 지극히 평범하고 일상적인 것들로 채워졌다. 밥 먹기, 글쓰기, 장보기, 설거지하기, 빨래하기, 영화 보기, 옷 기부하러 다녀오기 등. 거의 매일 해야 할 일을 적고 지워냈다. 단지 생활을 기록하고 달성 여부를 체크했을 뿐인데, 대단한 것을 해야만 얻을 수 있다고 생각했던 성취감이 매일매일 나를 찾아왔다. 싫지만 어쩔 수 없이 해야 하는 일과 즐겁고 하고 싶은 일이 '해야 할 일 리스트'를 통해 동등한 위치에 서게 됐다는 것도 놀라웠다. 그저 오늘 할 일 들 중 하나로.

어느 순간부터는 하루를 잘 지내는 것만으로도 충분한 만족감을 얻었다. 나의 하루, 나의 생활, 다가올 내일 같이 당연하고 사소한 것들이 기다려졌다. 물론 나의 하루가 쌓이고 쌓이다 보면 언젠가 내가 꿈꿨던 목표에 닿을 수도 있다. 그러면 좋겠다. 하지만 지금은 당장 해야 할 일을 하며 오늘 하루를 후회 없이 잘 살아내고 싶다.

이제서야 알게 된 진짜 내 모습

가진 물건들을 정리하면서 나의 취향이나 가고 싶은 방향이 뚜렷해졌다. 남들이 다 가진 물건을 갖지 않아도 되고, 잘난 사람이 되지 않아도 괜찮다고 느끼게 됐다. 그러다 보니 이미 가진 것만으로도 충분하다는 생각이 들었다. 물건을 엄청나게 줄였는데도 불편함 없이 생활 중이라는 사실만 봐도 알 수 있었다. 자연스럽게 내게 주어진 삶에 감사하게 됐고, 다른 누군가의 삶과 내 삶을 비교하지 않는 편이 건강하다는 사실을 알게 됐다. 덕분에 남과의 비교로 인한 박탈감이나 열등감, 불안함도 많이 사라졌다. 사소한 감정에 휩쓸려 화를 내거나 우울해하지도 않게 됐다. 주변의 일 역시 객관적으로 바라보고, 차분하게 대처하기 시작했다. 철없던 어린애가 이제서야 겨우 의젓한 어른이 된 것 같았다.

물건을 비우면서 나에게 꼭 필요하거나 가치 있는 물건을 알게 된 것처럼, 삶의 많은 것을 비우다 보니 내게 남겨진 것들을 소중히 대할 수 있게 됐다. 정리가 안 되는 삶의 부분들과 생각, 그리고 인간관계를 미련 없이 비워내자 중요한 것들이 더 잘 보이기 시작했다. 앞으로도 내게 소중한 것들만 신경 쓰고, 마음 주며 살아가고 싶다.

바라는 것 없이 나를 좋아해주기

나 자신을 좋아하긴 했지만 예쁘장하지 못한 외모나 모난 성격, 기대에 비해 턱없이 부족한 능력이 불만족스러운 때가 자주 있었다. 얼굴이 조금 작았으면, 체형이 조금 날렵했으면 좋겠다고 바랐다. 정말로 변하기를 원했다면 군말 없이 움직이고 노력했어야 했지만 그러지도 않았다. 가만히 앉아서 불만만 내뱉었다. 내가 원하는 것을 이미 가지고 태어난 누군가를 질투하고, 기준 이상의 성과를 내지 못하면 스스로를 압박하고 괴롭혔다.

자신을 위로해주기는커녕 더 깊은 구렁텅이로 몰아가고는 했다.

　가치관과 삶의 기준을 다른 사람이 아닌 '나'에게로 돌리자, 지금의 나라도 충분히 괜찮다는 생각을 갖게 됐다. 우선 내가 뭘 잘하고 좋아하는지, 내 장점이 무엇인지 확실히 알게 됐다. 반대로 내가 못하는 것들도 알게 됐는데, 굳이 그것을 잘하려고 애쓰지는 않기로 했다. 대신 내가 잘하는 것들에 더 집중하고, 있는 그대로의 자신을 인정해주기로 했다. 온전히 나를 위해서.

　신기하다. 삶의 방식과 기준, 생각을 정돈한 것뿐인데 나를 믿게 됐고, 볼품없다 생각했던 지금의 인생을 사랑할 수 있게 됐다. 미니멀 라이프를 시작해서 정말 다행이다. 그러지 않았다면 나는 아직까지도 자신을 미워하고 있을 테니까. 이 정도면 미니멀리즘이 나의 구세주라고 해도 무방하지 않을까!

집으로 들이기 전,
물건과의 마지막 장면을 생각했다

'대화 한 번 나눴을 뿐인데 상대방과 결혼해서 아이까지 갖는 상상을 했다'는 SNS 유머글을 본 적 있다. 나도 그런 경험이 있다. 아니, 많다. 새로운 물건을 만났을 때마다 그랬다. 첫눈에 마음을 뺏긴 물건과의 장밋빛 미래를 꿈꿨다. 이 옷을 입으면 내가 여느 때보다 예뻐질 것이라고 착각하고, 이 시계를 가지면 부내 나는 사람으로 보이리라 꿈꿨다. 그렇게 물건과의 만남은 성사됐고, 나와 물건은 영원히 행복할 거라고 믿었다.

굳건했던 믿음은 생각보다 빨리 깨졌고, 물건과의 행복은 허무할 정도로 짧았다. 온라인 쇼핑몰에서 결제한 후 택배를 기다리는 며칠, 외출할 때 입거나 들고 나가는 몇 번이 지나면 더 이상 관심이 가지 않았다. 이미 내 것이 되어버린 물건들은 어장 속 '잡힌 물고기'가 되었다. 게다가 그새를 참지 못하고 나는 또 다른 물고기를 찾아 나서곤 했다.

값을 지불한 만큼의 만족도 얻지 못할 때가 많았다. 사이즈가 맞지 않거나 사진과 실물이 다른 옷, 기대에 못 미치는 성능의 가구 같은 것이 그랬다. 귀찮다는 이유로 교환이나 환불 보증 기간을 놓친 뒤에는 후회와 함께 그냥 어딘가에 방치됐다. 가진 물건이 많은 것도 문제였다. 나는 내가 가진 모든 물건에 신경 쓸 여력이 없었다. 10개, 아니 100개, 아니 1,000개도 넘는 물건을 가지고 있었기 때문이었다. 그런데도 나는 계속해서 물건을 집으로 들였고, 방치하기를 반복했다.

비우기를 시작한 날부터 지금까지 나는 셀 수 없이 많은 물건과 작별했다. 가장 먼저 비운 물건을 떠올려보면 전부터 걸리적거렸거나 빨리 치워버리고 싶었던, 아니 처다보기도 싫었던 것들이었다. 그렇다고 그 물건들을 누가 억지로 떠맡긴 것도 아니었다. 분명히 집으로 데려올 때만 해도 나름의 이유가 있었다. 한때는 나에게 중요했고, 필요했고, 가져야 했던 것들이 어느새 치우고 싶은 물건으로 전락해 있었다. 그 사물들이 나를 향해 이렇게 말하는 것 같았다.

"어떻게 사랑이 변하니?"

더 많은 물건을 비운 뒤에야 비로소 이유를 알게 됐다. 소비할

128

때의 나는 굉장히 감정적이었다. 마음에 드는 물건이 생기면 당장 사서 갖고 싶다는 소유 욕구에 사로잡히곤 했다. 모든 신경 세포의 초점이 그 물건과 그 물건을 사는 것에만 맞춰졌다. 하루 종일 물건 생각을 하다가, 살 수 있다면 결국 샀다. 갖고 싶었던 물건을 사는 게 얼마나 행복하고 신나는지, 아는 사람은 다 알 거다.

소유욕과 감정으로 이뤄진 소비는 그 순간 분명한 행복을 가져다줬다. 실제로는 빈털터리일지라도 부자가 된 기분이 들었다. 하지만 얼마 지나지 않아 행복이라고 믿었던 물건은 집 안 구석에서 마음만 불편하게 하는 존재로 전락하거나 곧 잊혀졌다. 그런 물건을 꺼내보며 앞으로는 조금 더 현명해지기로 다짐했다.

이제는 물건을 집으로 들일 때, 내가 물건을 제대로 쓸 수 있을지까지 생각해본다. 방법은 간단하다. 충동적으로 가지고 싶은 물건이든, 첫눈에 마음이 뺏겨버린 물건이든 간에 우선 이성을 앞세워 이 물건과의 마지막 순간이 어떨지 예상해보는 것이다. 유용하고 기쁘게, 그리고 오랫동안 사용하다 헤어질 수 있을지, 아니면 버리지도, 가지기도 싫은 애물단지가 되어서 골치만 썩힐지, 그것도 아니면 적당히 잘 쓰다가 중고로 되팔거나 누군가에게 기쁜 마음으로 물려줄 수 있는지.

필요한 것들만 가지고 살아가는 미니멀 라이프를 위해서이기도 하고, 앞으로의 나를 위한 일이기도 하다. 미래의 내가 고생스럽게 물건을 비워내지 않았으면 하는 바람이다.

한두 번 쓰고 방치해두다가 아까워서 비우지도 못할 물건 대신 사용할 때마다 기분이 좋고, 오래 사용한 뒤에 마음 편히 보내줄 수 있는 물건을 사기로 한다. 집에 새 물건을 들이는 일은 입국 심사 급으로 어려워졌지만 생활의 만족도는 비교할 수 없게 높아졌다.

소비 욕구 사라지게 하는 방법

사고 싶은 물건이 생기면,

* 예를 들면
6공 다이어리
[많이 사봐서
아는데 막상
사면 잘 안 씀]

계속 들여다보고, 사람들이
쓰는 것도 찾아본다.

그냥 살까?

그러다 보면 어느새...

...

싫증을 느낀다. 당연히
소비 욕구도 사라진다.

질렸어.

꽤 효과 있는 방법이지만
시간이 아까울 수 있다는 단점이 있음.

✕
　✕
✕

내 옷장에는 더 이상
아무 옷이나 들어갈 수 없다!

　　수십 벌의 옷을 비워내자 더 이상 옷을 찾기 위해서 옷
더미를 헤집지 않아도 됐다. 이제서야 옷장이 조금 마음에 드는
상태가 됐지만 방심하긴 일렀다. 옷을 비워내는 것만큼, 앞으로
옷장을 채우는 일도 중요했다. 아무리 열심히 비운다 한들, 다시
전처럼 소비한다면 또다시 엉망인 옷장을 마주하게 될 게 분명
했다. 남겨진 옷들을 보면서 앞으로 어떻게 채워나가면 좋을지
계획을 세우기로 했다. 지피지기면 백전불패라고 했다(여기서 싸
울 상대는 옷이다!).

나의 스타일 이미지 만들기
　　나는 키가 크고 뼈대가 굵은 편이다. 그래서인지 레이스나 리
본처럼 화려한 장식이 많은 옷은 어울리지 않는다. 그 대신 기본
적인 디자인의 반팔 티셔츠, 무늬 없는 터틀넥 스웨터, 딱 떨어

지는 셔츠처럼 단정한 옷을 입을 때 깔끔하게 보인다. 기본 아이템은 유행과는 상관없이 입을 수 있어서 오래 입기에도 좋다.

입었을 때 편안한지도 중요했다. 예쁘지만 딱 달라붙어서 움직이기 불편한 옷보다 앉을 때나 걸을 때 편한 옷을 좋아하게 됐다. 조금 비싸더라도 오래 입을 수 있는 소재인가 역시 따지게 됐다.

기준을 세우자 앞으로 옷장을 어떻게 비우고 채워야 하는지 대략적으로 감이 잡혔다. 하지만 추상적인 분위기만을 떠올리다 보면 조금씩 변형된 형태의 옷들로 시작해 마침내는 처음 이미지와는 완전히 다른 옷까지 소비하게 될 수도 있다. 그래서 쇼핑할 때나 옷을 비워낼 때 참고하면 좋을 이미지 몇 장을 찾아 저장해두기로 했다.

먼저, 구글에서 'Women minimal look' 또는 'Simple style' 등의 키워드를 검색하고 마음에 드는 사진이나 브랜드를 찾는다. 나는 미국 브랜드 '에버레인(Everlane)'을 참고했다. 대부분의 옷이 베이직하고 깔끔해서 내가 원하는 스타일과 가장 근접했기 때문이다. 파스텔톤 셔츠와 청바지를 코디한 사진과 기본 티셔츠에 무릎 정도까지 오는 치마를 매치한 사진을 캡처했다. 그리고 머릿속에 새겨 넣었다. 이런 분위기가 아니라면 옷을 사지 않겠다는 다짐과 함께!

이 방법은 충동적인 소비 습관에도 좋은 영향을 끼쳤다. 매 시즌마다 나오는 신상, 드라마에 배우가 입고 나오는 원피스, 인터넷을 하다가 마주하게 되는 광고 속 코트…. 예전보다 옷을 사고 싶은 충동이나 욕심은 줄었지만 관심을 완전히 끊기는 어려웠다. 선물을 사기 위해 백화점에 들르거나 약속 때문에 번화가에 나갈 때면 매장에 전시된 옷에서 눈을 떼기가 어려웠다. 한눈에 마음을 뺏기는 옷을 만나기도 했다. 그럴 때 머릿속에 있는 나의 스타일 이미지와 쾌적해진 옷장을 떠올리면 충동구매를 막을 수 있었다. 어떤 말보다도 강한 힘을 가진 '스타일 이미지'였다.

마음에 꼭 드는 옷을 찾는 것도 쉽지 않구나

옷을 적게 사게 되고, 충동구매도 줄었지만 문제가 생겼다. 관심이 사라지니, 당장 필요한 옷을 사는 것조차 어려워진 것이다. 호주에서 한국으로 들어오면서, 한국의 겨울을 견디기 위한 새 패딩 점퍼를 구입해야 했다. 마음에 드는 옷을 사기 위해 열심히 옷 가게를 돌아다니고, 다양한 가격대와 디자인의 패딩 점퍼를 입어보았지만 딱히 마음에 드는 것이 없는 게 아닌가!

내가 찾는 패딩 점퍼는 엉덩이를 가리지만 무릎을 넘지 않는 정도의 길이였다. 모자가 있는 것은 괜찮지만 털은 달려 있지 않았으면, 또 부피가 너무 크지 않으면서도 따뜻했으면 했다. 물론 내가 평소 입는 옷들과도 잘 어울려야 했다. 세상에는 셀 수 없

이 많은 패딩 점퍼가 있으니까, 내가 원하는 디자인 하나 찾는 일쯤은 쉬울 거라고 예상했지만 너무도 까다로워진 쇼핑 기준 때문에 구입하기까지 꽤 긴 시간이 걸렸다.

　예전 같았다면 열과 성을 다해서 고작 패딩 점퍼 하나를 사야 하나 싶어서 중간에 포기하고 적당한 옷을 샀을지도 모른다. 하지만 지금의 나는 '그렇게까지라도 해서' 마음에 꼭 드는 옷을 사야 한다고 생각한다. 옷뿐 아니라 앞으로 내가 가지게 될 모든 물건에 공통적으로 적용되는 기준이다. 왜냐하면 내 집에 걸려 있는 옷은 오랫동안 잘 입고 싶은 것뿐이었으면 좋겠으니까. 나에게는 그저 그런 옷 열 벌보다 정말 마음에 드는 옷 한 벌이 더 필요하다.

미니멀 라이프 이후 얻게 된
뜻밖의 자유

　　몇 달 동안 쉼 없이 물건들을 비우면서, 오랫동안 쓸모 없는 물건을 '굳이' 짊어지고 지냈다는 것을 알게 됐다. 깊은 서랍장 안쪽에 있던 선글라스와 손목시계가 그랬고, 이사 온 뒤로 한 번도 꺼내본 적 없는 옷이 그랬고, 먼지만 소복이 쌓여 있는 전자제품 상자가 그랬다. 자연스럽게 짐이 된 그 물건들은 알게 모르게 내 삶과 생활을 무겁고, 불편하게 만들고 있었다. 할 일은 끝이 없고, 삶은 고단하게 느껴졌다. 내 공간에 어지럽게 늘어져 있는 물건들은 문득 시선이 마주칠 때마다 들리지 않는 잔소리를 해댔다.

　　"나 빨리 치워야 할걸? 너 지금 쉴 때가 아니야. 얼른 청소하고 설거지해!"

필요 없던 물건들이 천천히 사라지자 생각 이상으로 삶이 쾌적해졌다. 우선 집안일의 압박감이 줄었다. 또 쌓여 있던 물건처럼 묵은 감정 역시 사라졌다. 짐이었던 물건을 비운 것뿐인데 이유 없이 복잡하던 마음까지 해결된 것이다.

'소비를 위한 소비'에서 자유로워지다

오랫동안 소비하는 삶을 살아왔다. 어릴 때는 용돈 날이나 명절이 되면 어른들께 돈을 받는다는 사실보다 돈을 쓸 수 있다는 사실에 기뻤다. 머릿속에는 항상 '가지고 싶은 물건 리스트'가 있었다. 물건 사는 일로 기쁨을 얻었고, 갖지 못하면 고통스러워했다.

왜 그토록 물건을 사고 싶어 했을까. 우선 나는 각종 매체를 통해 수많은 광고에 항상 노출되어 있었다. 의도치 않게 관심이 쏠렸고, 나도 모르는 사이에 사고 싶은 것이 점점 늘어났다. 모든 것을 가지지 못하는 게 당연한 건데도, 원하는 것을 갖지 못하면 초라해지는 기분이 들었다.

원치 않게 접하게 되는 SNS 콘텐츠도 한몫했다. '해외여행 가면 꼭 사야 하는 아이템'이라든가 '면세점에서 꼭 사야 할 것' 같은 카드 뉴스를 읽다 보면, 그 물건들을 사와야만 손해를 보지 않는 것처럼 느껴지곤 했다. 물건을 사기 위해 여행을 가는 게 아닌데도, 면세점에 갈 일이 있을 때마다 마음이 조급해졌다. 딱히 살 게 없는데도 매장을 괜히 둘러보다가 립스틱 하나라도 산

소비 굴레

뒤에야 빠져나올 수 있었다. 마음 한편이 불편해지기도 했지만, 그 감정이 정확히 뭔지에는 관심이 없었다. 중요한 건 내가 뭔가를 '샀다'는 사실이었기 때문이었다.

돌이켜보면 나는 소비라는 굴레 안에 스스로를 가둬두고, 부지런히 돈을 쓰기만 하던 사람이었다. 원하는 것을 사지 못했을 때 고통스러웠던 이유도 그게 꼭 필요해서였다기보다는 물건을 살 능력이 없다는 패배감이었는지도 모른다.

소비는 말 그대로 소비일 뿐이다. 소비하지 못한다고 해서 세상이 무너질 일도, 내가 하찮게 느껴질 이유도 없다. 그런데도 내 삶은 그저 돈을 벌고 쓰는 일에 집중되어 있었다.

지금까지 구입했던 물건들이 쉽게 버려지고 비워지는 모습을 지켜보면서 소비 욕구가 점점 줄어들고 있다. 이제는 내가 감당할 수 있는 만큼, 내가 필요한 만큼만 소비하고 싶다. 소비를 조장하는 각종 콘텐츠 속에서 덤덤한 마음을 유지하려 한다. 어차피 비워내야 할 물건이니까. 여전히 수많은 유혹 사이에서 흔들리며 살아가는 중인 미약한 나지만, 조금은 단단해졌음을 느낀다.

무조건적으로 핫한 것을 좇는 삶에서 멀어지다

모든 유행을 따라가며 살아온 것은 아니지만, 시대의 흐름 속에서 핫하다는 것들을 모른 체하고 지나칠 수는 없었다. 핫한 장

소는 가보고 음식은 먹어봐야 속이 후련했다. 무엇보다도 궁금했다. 얼마나 좋길래, 얼마나 맛있길래! 하지만 미니멀 라이프를 시작하고부터는 유행을 따르기보다 내가 뭘 좋아하는지, 나를 기쁘게 하는 것이 무엇인지, 어떤 방향으로 나아가길 원하는지에 더 집중하게 됐다. 더 이상 급급하게 뭔가를 좇지 않아도 괜찮다는 걸 이제는 안다.

　유행을 좇는 게 나쁘다는 뜻은 아니다. 내가 경계하는 것은 자신의 취향이나 삶의 방식, 또는 좋아하는 마음을 외면한 채 무조건적으로 남들을 따라 하는 삶이다. 앞으로도 계속 나만의 라이프 스타일을 찾고, 삶의 방향성을 고민하며 살아가고 싶다. 핫하지는 않더라도 편하고 즐거운 삶을 기대하면서.

어쩌다 보니 미니멀리스트 부부

내가 미니멀리스트가 되겠다고 선언했을 때도, 남편은 미니멀리즘에 큰 관심이 없었다. 정확하게는 미니멀 라이프가 무엇인지, 내가 어떤 목표를 이루고 싶어 하는지 잘 몰랐다. 하지만 그날 이후 쓰지 않는 물건들을 찾아내서 열심히 비워내고, 생활 습관을 하나씩 바꿔나가는 내 모습을 지켜보던 남편은 자신이 원하던 삶의 방식도 미니멀 라이프일지 모르겠다고 선언했다. 우리는 그렇게 미니멀리스트 부부가 됐다.

하지만 재미있게도, 남편은 나를 만나기 전부터 이미 미니멀리스트였다. 가족과 함께 살던 집에서 신혼집으로 이사 왔을 때, 한국에서 이민 온 나보다도 짐이 더 없었던 걸 보면 확실하다. 게다가 나와는 달리 소비에 대한 욕구도 거의 없었다. 실용적이고 간편한 삶을 살아온 남편은 이미 반쯤 완성형 미니멀리스트였다. 삶의 방식을 딱히 규정하지 않았을 뿐이었다.

　남편보다 집에 있는 시간이 많았던 나는, 남편의 물건 역시 내 기준으로 골라냈다. 대신 퇴근하고 돌아온 남편에게 여기서 버리지 않을 것이 있냐고 일일이 확인했다. 내 것이 아니니 당연했다. 처음에는 남편도 거실에 쌓아둔 물건을 하나씩 들춰본 후에야 괜찮다고 대답했지만, 곧 확인도 하지 않고 분류용 봉투부터 찾았다. 오히려 내가 비우기를 망설였을 정도다. 남편은 물건들 앞에서 '쿨'했다. 자신이 가진 것 중 팔 물건과 버릴 물건을 쉽게 골라냈다. 남겨두는 것은 그에 비하면 현저히 적은 양이었다.
　필요하지 않은 물건을 이토록 쉽게 비워내는 남편이 어째서 적지 않은 물건을 가지고 있었을까? 남편도 나처럼 물건을 비워야 할 이유나 계기가 딱히 없었던 것 같다. 또한, 물건을 최소한으로 줄이면서까지 불편을 감수하거나 이미 가진 물건을 재정비하며 시간을 보내는 데도 관심이 없었다. 그가 신경 쓰고 관리하는 물건은 비타민 같은 영양제나 마사지 기구, 편한 신발이나 옷처럼 건강이나 일상생활이 편안해지는 물건뿐이었다.

　하지만 미니멀 라이프라는 이름으로 삶의 형태를 규정하자 물건 비우기를 기다리기라도 한 사람처럼 행동하기 시작했다. 물건들이 자리만 차지하고 있을 뿐 자신의 일상에 어떤 영향을 주

지 않는다는 사실을 확인하고 나니 비우는 데도 주저하지 않게 된 것 같다. 남편은 깔끔해진 집과 쾌적해진 옷장을 보며 누구보다 만족스러워했다.

라이프 스타일이니, 미니멀리스트니 하며 새로운 삶의 방식을 자랑하고 유난(?)을 떠는 나와는 달리, 남편은 평소와 같은 모습으로 물건을 비우고, 삶을 덜어냈다.

사랑해서 결혼했지만 우리 사이에는 좁혀지지 않는 틈이 있었다. 나는 남편이 물건을 살 때마다 지나치게 신중한 것 같아 답답했고, 남편은 아무거나 대충 사라는 나를 이해하지 못했다. 그러던 우리가 미니멀 라이프라는 삶의 방식으로 묶이게 됐고, 결혼 3년차에서야 서로를 제대로 이해하고, 균형 잡힌 삶을 살게 됐다.

미니멀리스트 부부가 되고
달라진 점

살림에 미숙한 신혼부부였던 우리는 삶을 정돈하지 못한 채, 그저 물건들에 둘러싸여 살았다. 어수선한 집에서 내 마음은 언제나 복잡했고, 정리되지 않는 감정과 끊이지 않는 집안일로 쉽게 스트레스가 쌓였다. 서툰 집안일을 혼자서 해내려고 한 것도 문제였다. 나는 퇴근하고 돌아온 남편에게 자주 화풀이를 했고, 이는 자주 다툼으로 이어졌다.

분명 남편은 집안일을 나누어서 하자고 했지만 당시에는 직장에 다니지 않는 내가 집안일을 더 많이 하는 것이 맞다고 생각했다. 가능한 한 혼자서 해결하려고 하니 당연히 집안일 과부화가 일어났고, 내 안에 쌓인 피로감은 고스란히 남편에게 떠넘겨졌다. 아무도 행복하지 않은 상황이 계속됐다. 하루 한 번, 남편에게 화내고 짜증을 부리는 게 당연했다. 어쩌면 생색이라도 내고 싶었던 마음이 아니었을까. 너만큼 나도 이렇게 열심히, 고생하며 살고 있다고! 보이지 않는 수고로움을 잔뜩 티 내고 싶었는지도 모른다.

다툼이 줄었다

우리의 불행은 다행스럽게도 몇 달 동안 물건을 비우며 사라졌다. 물건을 줄인 만큼 집안일도 줄었다. 집안일이 버겁게 느껴지지 않자, 마음속에 '여유'라는 녀석이 돌아왔고, 여유가 생기자 상대를 이해하려는 따뜻한 마음이 찾아왔다. 별것 아닌 일에 감정을 소모하고 싶지 않았다. 화내기 전에 대화하려 하니 당연히 다툼은 줄어들었다. 여전히 사소한 오해로 다투기는 해도, 전과 달리 금세 해결됐다. 우리 사이에 생긴 이 큰 변화는 내가 미니멀리스트가 됐기 때문이라는 이유로만 설명할 수 있었다.

기념일을 대하는 자세

처음 사귀게 된 날, 결혼기념일, 나와 남편의 생일, 심지어는 예수님의 생일인 크리스마스까지. 우리는 매년 모든 기념일을 축하하기 위해 선물을 샀다. 결혼 전은 물론 결혼 이후에도 당연히 남편에게 받을 선물을 기대했고, 나 역시 남편을 위한 선물을 준비했다. 서로에게 딱히 필요한 물건이 없다는 것을 알면서도 선물을 사기 위해 시간과 돈을 썼다. 하지만 이제는 그러지 않기로 했다. 우리는 조금 달라졌으니까.

우리(라고 말하지만 나)는 물욕이 줄어들었고, 소유하는 것에도 부담을 느끼게 됐다. 그래서 기념일에 선물 대신 마음이 가득 담긴 편지를 쓰고, 가까운 곳이라도 짧게 여행을 다녀오거나 둘이서 오붓하게 맛있는 식사를 하기로 했다.

미니멀리스트가 되고 나서, 남편과 만난 후 처음으로 선물이 없는 생일을 보냈다. 근사한 곳에서 식사를 하고, 오페라 하우스를 걷다가 주변에서 열리는 프랑스 음식 페스티벌을 구경했다. 생일이 지나고 바로 이틀 뒤에는 우리의 결혼기념일이 있어서 2박 3일 여행을 다녀왔다. 결혼기념일 때문이라고는 했지만 오랜만에 휴가를 즐기는 게 더 큰 목적이었다. 겸사겸사였다. 원래 다 그런 것 아닌가.

선물은 쏙 빠진 기념일이었지만 하나도 아쉽지 않았다. 중요한 것은 기념일이 아니라 함께 보낸 시간과 경험이었다. 선물을 제대로 관리하지 못할까 봐 미리 걱정하지 않아도 되는 것 역시 생각 이상으로 좋았다. 그렇다고 해서 서로에게 절대 선물하지 않겠다는 것은 아니다. 필요한 것이 있으면 때때로 선물을 주고받는 기쁨을 누릴 의향은 있다. 단, 실용적인 물건에 한해서.

같지만 다른 서로를 존중하는 법을 배운다
함께 미니멀 라이프를 즐기고 있지만, 각자 포기하지 못하는

것은 다를 때가 많다. 우리에게 필요한 물건에 대한 기준과 생각도 달랐다. 그래서 작은 것 하나를 바꾸거나 구입할 때에도 충분한 대화를 통해 서로의 의견을 듣게 됐다. 나에게는 필요 없지만 남편에겐 꼭 필요한 물건일 수도 있으니까. 특히나 집에서 함께 사용하는 물건 같은 경우에는 서로의 의견을 존중해야 했다.

남편은 하나의 물건으로 삶이나 몸이 편해질 수 있다면 공간을 많이 차지하거나, 비싸더라도 가능한 한 사는 편이다. 예를 들면 나는 도톰한 토퍼나 얇은 매트리스에서도 숙면을 취하는 편이라서 굳이 침대가 필요하지는 않다. 많은 미니멀리스트가 침대 대신에 이부자리를 접었다 폈다 하면서 사용했고, 나도 침대 없이 살아보고 싶었다. 하지만 잠자리에 예민한 남편에게는 침대가 꼭 필요했다. 게다가 걸쳐 앉았을 때 안정적인 높이인가까지 신경 쓰는 등 침대를 아주 중요하게 여겼다. 그래서 침대를 비우지 않았고, 결론적으로는 우리 둘 다 편하게 잠들고 있다.

물건을 하나씩 꺼내놓고 비울까 말까 얘기하다 보면, 서로에게 타당한 이유가 있어서 물건을 비우는 속도가 늦어지기도 한다. 하지만 독단적으로 움직일 수 없다. 혼자 사는 집이 아니니까.

우리는 한 집에 함께 살고 있는 운명공동체이자 미니멀리스트 부부로서 서로의 생활 방식과 의견을 존중하고, 배려하는 법을 배워가고 있다. 그 과정에서 이미 가진 물건들로 충분히 윤택한 삶을 살고 있음을 깨닫고, 감사하게 된다. 여전히 남들보다 부족하게 느껴질 때도 있지만, 그때마다 불안해지지 않도록 서로 다독인다. 덕분에 가지지 못해서 조바심 내던 마음에는 어느새 무엇을 하며 살아갈까 하는 기대로 가득 차고 있다. 남편과 함께하는 미니멀 라이프이기 때문에 더욱 든든하다.

Chapter 4

다시 채우는 시간

2주간 궁극의 미니멀 라이프

　　서른 살이 되던 해, 2년 반 동안 연애해온 남편과 결혼을 약속했다. 동시에 나는 인생에서 또 하나의 중대한 결정을 해야 했다. 결혼 후 남편이 살고 있는 호주로 갈지, 아니면 그대로 한국에서 살지를 말이다. 남편은 나에게 선택권을 줬고, 나는 외국에서 살아보고 싶다는 마음 하나로 호주행을 결정했다. 물론 당시 남편이 학생이었으므로 그곳에 남아 학교를 끝마치면 좋겠다는 이유도 있었다. 어쨌거나, 나는 그렇게 호주로 이민을 떠나게 됐다.

　　그 뒤 3년이라는 시간이 흘렀다. 그사이 나는 미니멀리스트가 되었고, 남편은 태어나고 자란 한국으로 가서 하고 싶은 일을 하며 사는 게 더 좋지 않겠냐고 심심찮게 물었다. 순전히 나를 위한 제안이었다. 호주에서의 삶도 분명 멋있었지만 이방인으로서의 삶이 한편으로는 아쉬운 것이 사실이었다. 호주로 이민을 떠날 때보다 훨씬 더 오랜 시간을 고민했다. 그리고 결정했다. 한국으로 돌아가기로.

한국으로 떠날 날이 2~3주 앞으로 다가왔다. 가전제품과 가구를 전부 호주에서 처분하고 가야 하는 상황이었기 때문에 남편과 나는 열심히 중고 거래 사이트에 매물을 올렸다. 이사 가는 날까지 짐을 전부 처리하지 못해서 물건이 가득한 집을 상상하다 보니 조바심이 나기 시작했다. 다행인지 불행인지 생각했던 것보다 물건은 빠르게 팔려나갔고, 우리는 갑자기 스툴 두 개와 책상, 침대, 청소기, 전기 포트, 그리고 냉장고뿐인 집에서 살게됐다. 집이 텅 비자 생활은 전보다 불편해졌지만 남편과 나는 자연스럽게 상황을 받아들였다. 어쩌면 그동안 상상만 해보던 '아무것도 없는 집'을 잠시나마 경험할 수 있는 기회이기도 해서 살짝 설레기까지 했다.

제일 큰 변화는 전기밥솥이 아닌 냄비에 밥을 해 먹게 됐다는 것이었다. 냄비밥은 불려놓은 쌀을 15분 정도 강불과 약불로 조절해서 끓이면 완성된다. 말만 들으면 정말 간단한 것처럼 같지만, 해보지 않았던 일이라 쉽지 않았다. 처음에는 밥이 설익기도 했고, 누룽지를 만들려다가 밥을 다 태우기도 했다. 몇 번의 시행착오 끝에 마침내 냄비밥 짓는 데 익숙해졌다. 전기밥솥으

로 밥을 할 때는 은근히 버려지는 양이 많았는데, 냄비는 보온이 안 되는 탓에 먹을 만큼만 밥을 짓게 됐다. 불 조절만 잘하면 맛있는 누룽지를 먹을 수도 있어서, 우리는 점점 더 냄비밥을 좋아하게 됐다. 이런 여러 가지 이유로 한국에 가서도 전기밥솥 없이 살기로 했다.

부피가 크고, 팔기 까다로운 세탁기까지 호기롭게 다른 사람에게 넘기고 후에는 손빨래, 아니 '발'빨래를 하게 됐다. 욕조에 물과 빨래를 담아 소프넛 주머니로 거품을 낸 후 남편과 나란히 서서 열심히 옷을 밟았다. 여기까지는 할 만했다. 지금껏 해보지 않은 일이라 그런지 심지어 재밌기도 해서, 이 정도면 세탁기 없이 살 수 있을 것 같다는 생각이 들기도 했다.

문제는 탈수였다. 물기를 잔뜩 머금은 빨래를 하나씩 꺼내어 양쪽에서 열심히 비틀어 짜다 보니 우리가 먼저 탈수될 것 같았다. 다음 날, 우리는 근육통에서 자유로울 수 없었다. 2주 동안 나와 남편은 딱 세 번의 발빨래를 경험했고, 세탁기는 반드시 필요한 물건이라고 뼛속 깊이 새기게 됐다.

식탁과 의자를 팔고난 후에는 보조용으로 쓰던 작은 책상에서 밥을 먹고 일도 했다. 남편과 좁은 책상에서 나란히 일할 때도 있었다. 일을 하다가도 식사 시간이 되면 책상 위를 싹 비워야 했다. 일할 때 책상 위에 노트북이며 펜 등 여러 가지를 늘어두는 편이라서, 치우고 다시 세팅할 때마다 번거로웠다. 다음 집에서도 식탁과 책상은 따로 두거나, 여건이 안 된다면 가능한 한 큰 테이블을 사야겠다고 생각했다. 다행히 남겨둔 스툴 두 개가 낮에는 책상 의자로, 밤에는 조명이나 휴대전화를 올려두는 안방 협탁으로 쓰이며 생각보다 유용한 보조도구가 되어줬다.

소파가 없으니 편하게 앉아 쉴 공간도 없어서 남편과 괜히 거실을 서성이기도 했다. 한국에서처럼 바닥에 앉아볼까도 했지만, 1분도 안 되어 차가워진 엉덩이를 부여잡고 얼른 일어났다. 거실을 빙빙 돌다가, 결국에는 방으로 들어가 침대에 누워만 있게 됐다. 누워 있다 보니 잠이 왔다. 아직 할 일이 많은데! 아무래도 짧고 굵게 쉴 수 있는 소파는 우리에게 필요한 물건이었다.

우리의 늦은 밤을 책임지던 텔레비전을 떠나보낸 후에는, 식탁 위에 노트북을 올려두고 영화나 방송을 봤다. 밤에는 식탁을 침대 앞까지 가져다두고 기대어 보다가, 아침에는 거실로 옮겨놓는 것이 루틴이 됐다. 처음에는 아주 귀찮았지만 며칠 반복되니 익숙해졌다.

많은 물건이 사라졌지만 신기하게 적응이 됐다. 정말이지 인간은 적응의 동물이다. 그렇지만 이만큼의 물건 없이 평생 살아도 괜찮다고 단언할 수는 없었다. 길어 봤자 2주라는 한정된 시간임을 알고 있었기 때문이다. 하지만 이런 생활에도 얻을 것은 있었다. 덕분에 우리는 한국에서 새로운 살림을 꾸릴 때, 필요한 물건과 그렇지 않은 물건을 쉽게 구분할 수 있었다. 세탁기나 냉장고는 물론이고 질 좋은 수면과 휴식을 위해 침대와 소파, 식탁은 꼭 필요했다. 다만 전기밥솥은 없이 살아도 되겠다고 생각했고, 식탁과 책상은 큰 테이블 하나면 문제없을 거라는 사실도 알게 되었다. 아! 서랍장은 적으면 적을수록 좋을 것 같다. 그 안에 들어갈 물건을 늘리지 않고 싶다면.

목표는 캐리어와 배낭,
기내용 가방 하나에 내 짐을 전부 넣는 것

　　이삿짐센터가 와서 냉장고까지 시댁으로 옮기자 커다란 몸집의 물건들, 그러니까 한국으로 가져가지 않을 가전 가구가 대부분 정리됐다. 한국에 가져갈 짐을 포장하고, 청소까지 마치면 이 집에서 할 일이 진짜 끝났다. 한국으로 가기 3일 전부터 캐리어에 짐을 쌌다가 풀고, 다시 쌌다가 풀고를 반복했다. 아직도 물건이 너무 많았다. 당장 한국으로 가야 하는데 미련이 남아서 머뭇거리느라 완벽히 비우지 못한 탓이었다.

　줄여도 줄여도 우리가 가져갈 수 있는 양을 초과했다. 필요한 물건은 당연히 가져가는 게 맞지만, 비울까 말까 하는 물건이 더 많아서 쉽지 않았다. 미니멀 라이프를 시작한 후 열 달 동안 꼬박 물건을 비웠는데도 아직까지 이렇게나 많이 가지고 있다는 사실에 놀랍기도 했고, 미련이나 욕심이 아직도 여기저기에 묻어 나는 것 같아서 웃음이 나기도 했다. 우리에게 정말 필요한 물건은 얼마 없는데, 왜 아직도 의미 없이 가지려고 하는 걸까.

　짐을 모조리 빼고 부동산에 열쇠를 반납하러 가기 직전까지 우리 집에는 중고 물건 구매자들이 방문했다. 아직까지 쓸 만한 물건들이 많아서 쉽게 버리고 싶지 않았다. 팔리지 않은 그릇 하나, 컵 하나도 마지막까지 버리지 않고 필요한 사람들에게 무료로 나눴다. 그렇게 했는데도 여전히 물건들이 남아서, 200L 봉투 두 개에 옷과 신발, 가방을 가득 채워 기부하는 곳에 가져다줬다. 겨울마다 요긴하게 입었던 패딩 점퍼, 어느새 해져버린 원피스, 가방, 딱 두 번 신은 구두와 결혼식에서 신었던 웨딩 슈즈도 그 안에 담겼다.

　언젠가 다시 입고, 신을 일이 있을 거라는 미련 때문에 비우지 못했던 옷과 신발을 당장 짐을 빼야 하는 긴박한 상황이 되어서야 냉정하게 내려놓았다. 이 물건들은 떠나보내면 아쉬울 줄 알았는데, 완전히 비우고 나니 오히려 짜릿한 기분이 들었다. 이사를 가지 않았으면 여전히 끼고 살았을, 미련 가득한 물건들이었다. 잘 비워냈다. 아직까지도 아깝거나 아쉬운 물건은 하나도 없다.

　겨우 줄인 짐을 처음부터 다시 쌌고, 한국으로 가져갈 짐의 최종 버전이 완성됐다. 30인치 캐리어 하나와 배낭 하나, 그리고 기내용 가방 하나가 한국으로 가져갈 내 몫의 전부였다. 나보다

늦게 한국으로 들어오는 남편의 몫은 겨우 25인치, 20인치 캐리어 각각 하나씩과 배낭 하나였다. 겨울에 사용한 담요나 두꺼운 외투, 책 등이 담긴 18kg짜리 커다란 상자 하나를 미리 보내두어서인지, 생각보다 더 양이 적었다. 비행기로 추가비용 없이 옮길 수 있는 최대치였다. 따져보면 내가 호주로 이민을 왔을 때 챙겼던 짐과 비슷한 수준이었다. 아니, 그보다 더 적은 것 같기도.

짐을 차에 싣고 마지막 청소를 했다. 호주에서는 이삿짐을 뺀 후 청소까지 꼼꼼하게 해 부동산 에이전트의 확인을 받은 뒤에야 보증금을 돌려받을 수 있다. 평소에는 손도 안 대던 창문틀부터 먼지 쌓인 벽, 바닥까지 반짝거리게 닦아냈고, 창문을 활짝 열어 환기도 시켰다. 그리고 마지막으로 문을 닫고 나오려는데 지난 3년간의 추억이 주마등처럼 스쳐갔다. 괜히 울컥했다. 차를 타고 시댁으로 이동하는 순간에도 2층의 우리 집을 카메라와 눈에 담았다. 그동안 무사히 생활하게 해준 우리의 첫 번째 집에게 고마웠다는 마음을 전하면서.

호주에서 한국으로 챙겨온
의외의 물건들

극세사 담요

장바구니 & 쇼핑 파우치

(원래는 잼병이었던)
토이 스토리 컵 2개

뜨개질
컵 받침

2019

지난 해
일러스트 달력

(그림이 예뻐서
포스터로 사용하려고
챙겨 옴)

티타월

남편 베개

✕
　✕
✕

집을 구하고,
새로 채우기

　　남편과 함께 한국에서 살아갈 새 보금자리를 얻었다.
22년 된 전용면적 $39.82㎡$짜리 아파트로, 거실 겸 안방이 되는
큰 방 하나, 그리고 침대가 겨우 들어갈 만큼 작은 방 하나가 있
는 흔한 구조의 소형 아파트였다. 계산해보니 호주에서 살던 집
보다 작은 크기였지만 한국에서 우리 둘이 새로운 살림을 시작
하기에는 나쁘지 않다고 생각했다. 게다가 역과 가깝고 주변에
마트나 편의시설도 많아서 위치도 참 좋았다. 하지만 처음 집을
보러 갔을 때는 '우리 집'이라는 느낌이 딱히 들지 않았다. 호주
에서 살던 집은 처음부터 딱 "여기는 우리 집이다!"라는 느낌과
함께 살고 싶다는 마음이 간절했는데, 이곳은 문을 열고 들어가
자마자 눈에 거슬리는 것이 한두 가지가 아니었다. 작은 집을 더
작아 보이게 만드는 하늘색 벽지, 전 세입자가 여기저기 뚫어놓
은 못 자국과 남겨두고 간 물건들…. 리모델링한 지 얼마 안 되

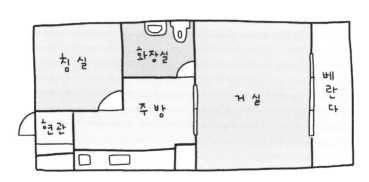

어 보이는 부엌과 화장실에 그나마 위안이 됐다.

　처음 한국에 돌아올 때만 하더라도 '아무것도 없는 집'에서 살고 싶었다. 미니멀리스트 책에서나 보던 텅 빈 집에서 여유로움을 느끼며 살아가고 싶었다. 미니멀리스트의 로망이랄까. 하지만 곧 우리의 생활방식을 무시할 수 없다는 결론이 나왔다. 집에서 일하는 나와 호주에서 입식 생활을 오래해온 남편의 라이프 스타일을 적절하게 묶어 작은 아파트에 꾸려야 했다.

　제일 먼저 생활공간과 잠자는 공간을 분리하기로 했다. 작은 방은 침실로만 사용하고, 거실 겸 안방을 생활공간으로 활용하기로 했다. 그다음에는 도면을 그려서 가구를 어떻게 배치하면 좋을지, 어떻게 하면 두 사람이 살아갈 이 집을 효과적으로 채울 수 있을지 고민했다. 이 작은 공간이 나의 사무실이자 편안하게 쉬고 뒹굴 수 있는 휴식처가 되어줘야 했기에 더 신중해야 했다. 그렇게 한 달, 이 집을 어떻게 채웠냐면 다음과 같다.

침실(작은 방)

　유일한 방이라고 할 수 있는 작은 방에 퀸 사이즈 침대 하나를 두었다. 침대 하나로 방이 꽉 찼다. 그 때문에 작은 방은 온전히 잠만 잘 수 있는 안락한 공간이 됐지만, 거실에 두기 어려운 물건들도 이곳에 수납해야 했다. 동생이 쓰던 큰 거울이 들어왔고,

약이나 화장품을 수납할 작은 철제 수납 장도 두기로 했다. 처음에는 속옷까지 정리하기 위해서 조금 커다란 서랍장을 두려고 했으나 그러면 정말로 방이 꽉 차버릴 게 분명했다. 물건의 양을 줄이는 것은 쉬워도 서랍장 크기를 줄이는 것은 어려우니까, 아예 작은 수납 장을 구입했다.

스탠드도 구입했다. 백색 LED조명이 달린 집이라 이 방이라도 노랗고 은은한 조명이 있으면 좋겠다는 욕심 때문이었다. 우리 집의 유일한 스탠드로, 거실에서 작업할 때도 가지고 나가 사용한다. 우리 집에서 이동이 가장 많은 물건이다.

거실

글쓰기, 그림 그리기, 그리고 영상 편집까지. 내가 하는 대부분의 일은 책상 위에서 이뤄진다. 책상은 나에게 꼭 필요한 가구였다. 물론 식탁도 필요했다. 식탁 위에서 밥을 먹고 차를 마시니까. 결론적으로 우리에게는 식탁도 필요하고, 내 작업 책상도 필요했다. 하지만 이 작은 아파트에는 식탁과 작업용 책상까지 둘 공간적인 여유가 없었고, 하나의 테이블이 모든 역할을 제대로 해내야 했다.

호주에서 2주 동안 남편과 작은 책상 하나를 나눠 쓰며 일도 하고 밥도 먹었던 경험으로, 집에 딱 하나의 테이블만 놓을 수 있다면 웬만하면 큰 것이 좋겠다고 생각했다. 이왕이면 손님들

172

이 왔을 때도 편하게 대접할 수 있도록 1600×800cm 넓이의 다소 큰 테이블을 구입했다.

뿐만 아니라 둘이 앉아도 공간이 남는 커다란 소파까지 구입했다. 우리 둘은 텔레비전을 보는 것도, 영화를 보는 것도 좋아하는 집순이와 집돌이기 때문이다.

다음은 텔레비전이었다. 우리 부부는 늦은 저녁, 좋아하는 영화를 한 편씩 보면서 간식을 먹거나 와인을 한잔하며 이야기 나누는 시간을 특히 소중하게 생각한다. 그래서 한국에 가면 꼭 소파와 함께 텔레비전을 사자고 약속했는데, 그 소망이 한동안 이뤄지지 않았다. 텔레비전을 둘 곳이 마땅치 않았기 때문이다.

처음에는 벽에 텔레비전이 걸려 있는 깔끔한 거실 풍경을 상상했지만, 세입자인 우리는 함부로 못질을 할 수 없었다. 그렇다고 텔레비전을 올려두는 용도로만 사용될 텔레비전 수납 장은 너무 거창하다고 느껴졌다.

어떤 결정도 하지 못하고, 한동안 텔레비전과 수납 장 없는 생활을 이어갔다. 대신 상자와 캐리어에서 꺼낸 짐을 거실 바닥에 두고 사용했다. 정리 안 된 물건들이 계속 거실 바닥을 딩굴고 있었다. 이것들을 정리할 뭔가가 필요했고, 뿐만 아니라 내가 거실 테이블에서 일하면서 쓰는 물건들을 보관할 자리도 있어야 했다. 큰 역할은 텔레비전 거치대이지만 수납 장의 용도까지

173

해낼 가구라면 집에 들어와도 되겠다고 결론 내리고, 책상과 비슷한 분위기의 텔레비전 수납 장을 구입했다. 결과적으로 텔레비전 수납 장은 내가 우리 집에서 가장 좋아하는 가구가 되었다. 당연히 만족도는 컸다. 실제로 생활하면서 필요한지를 고민해보고 구입했기 때문이었다.

옷을 보관할 장소 역시 거실이었다. 옷에 너무 많은 공간을 내어주지 않겠다는 다짐과, 옷장이 최대한 가벼웠으면 좋겠다는 바람으로 처음에는 아예 행거를 두려고 했다. 하지만 거실에 행거를 덩그러니 둔다면 옷에 먼지가 고스란히 쌓이고, 옷 먼지 역시 공기 중으로 흩날릴 게 뻔했다. 게다가 옷을 제대로 수납해두지 않으면 작은 집이 더 어수선하게 보일지도 모를 일이었다.

결국 옷장이 있는 게 더 낫다는 결론을 내리고, 여러 가구를 찾아봤다. 이왕이면 오래 사용하고 싶어 튼튼해 보이는 원목 옷장을 한참 동안 들여다봤지만, 아무래도 그 존재 자체가 무거웠다. 긴 고민 끝에 우리는 소나무 원목 소재의 이케아의 선반 유닛 시스템 두 칸을 구입했다. 문도 없이 나무틀만 있어서 약하긴 하지만, 보기보다 많은 옷을 걸 수 있었다. 또 조립식이라 다시 분해할 수 있고, 때에 따라 한 칸만 사용할 수도 있었다. 무엇보다 붙박이 옷장이 있는 집으로 이사를 할 경우엔, 다른 용도로 사용 가능하다는 장점이 있다. 우리는 앞으로 몇 년간 이사를

침 실

거 실

자주 다니게 될 게 뻔해서 다음 이사를 고려했다. 가까운 미래에 어쩌면 제 역할을 해내지 못할 옷장보다 다양한 용도로 사용 가능한 가구를 들이는 것이 좋다고 판단했다. 분명 우리가 구입한 것보다 질적으로 더 나은 선택지가 있었지만, 앞서 말했듯이 옷에게 너무 많은 공간을 내어주고 싶지도, 비싼 돈을 투자하고 싶지도 않았다. 앞으로 옷을 더 줄여나가고 싶은 욕심 때문이다.

주방

처음 집을 채우기 시작했을 때만 해도 340L쯤 되는 소형 냉장고를 구입하기로 마음먹었지만, 아이가 생기는 순간부터 냉장고 공간이 무조건 부족해진다는 엄마의 강력한 의견으로 그다음 크기인 460L 냉장고를 구입하기로 정했다. 당장 아이 계획은 없지만 혹시 모를 일이니 큰맘 먹고 결정한 일이었다. 그런데도 엄마는 800L 정도는 사야 밥 해 먹고 살 수 있다고 말했다. 그것도 몇 번씩이나.

하지만 나는 새로운 가족이 생기더라도 460L 냉장고로 충분히 먹고 살 수 있을 거라고 믿는다. 우리의 첫 냉장고는 420L였고, 나와 남편은 3년간 그 냉장고를 꽉 채워본 적이 단 한 번도 없기 때문이다. 호주의 신혼집은 대형마트가 걸어서 5분 거리인 편리한 위치에 있었다. 차가 없어서 한 번에 많은 양의 장을 보는 것도 어려웠던 터라, 의도치 않게 먹을 만큼만 물건을 사는 습관이 생겼다. 남편과 둘이 나눠서 들 수 있을 만큼, 길어야 일주일 동안 먹을 분량을, 어떤 것을 해 먹을지 생각한 후에 구입하는 편이었다. 남아서 버릴 것도, 쌓아둘 것도 없었다. 한국에서도 그렇게 냉장고를 채우고 싶었다. 쉽게 게을러지는 우리가 냉장고를 따로 관리하지 않아도 깔끔하게 유지할 수 있는 방법은 그뿐이기도 했다.

우리 집 냉장고는 자주 텅텅 빈다. 장을 보러 갈 시간이 됐다는 의미다. 엄마는 가끔 아무것도 없는 냉장고를 보면서 우리가 굶고 사는 줄 알고 한숨을 쉬시기도 한다. 엄마는 완벽히 오해 중이다. 우리 엄청 잘 먹고 사는데.

새로운 집에서 사지 않기로
마음먹은 물건들

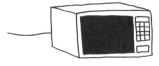

전자레인지
이유: 사용 빈도가 낮기 때문에

러그
이유: 관리가 어려워서

현관매트   주방매트

이유: 1. 필요하지 않아서
      2. 관리해줘야 해서

전기밥솥
이유: 냄비밥을
      짓기 시작했다

액자
이유: 그림이나
      사진을 벽에
      붙여 두는 게
      더 좋아서

식물

장식품
이유: 이미 가진 것으로
      충분해서

이유: 1. 식물을 잘 못 키워서
      2. 집 안이 허전하다는
         이유로 식물을 구입하지
         않으려고.
         잘 돌봐줄 수 있을 때까지
         미루려고 한다

빈티지 미키 마우스 시계

　월트 디즈니의 미키 마우스 캐릭터를 좋아한다. 미키 마우스는 애니메이션을 만들고 싶다는 꿈까지 키워준 캐릭터라서 그런지 더욱 애착이 크다. 아주 어렸을 때부터 미키 마우스 인형을 모았고, 미키 마우스가 그려진 물건이라면 가지고 싶어 했다. 미니멀리스트가 된 이후에도 마찬가지였다. 미키 마우스는 언제나 나의 소비 욕구를 자극했다. 필요하진 않지만 갖고 싶었다. 전보다 신중한 소비를 하는 내가 됐지만 '디즈니랜드에 가서 아무 것도 사지 않고 나오기 미션'을 한다면 아마 완벽하게 실패할 거라고 확신한다. 그나마 미키 마우스가 그려진 '모든' 물건을 갖고 싶어 하는 '수집 덕후'가 아니라서 얼마나 다행인지 모른다. 그랬다면 미니멀리스트가 되는 것을 꿈도 못 꿨을 거다.

　아무리 좋아하는 미키 마우스라도 이제는 눈으로만 즐기기로

179

했다. 덕심을 자극하는 제품을 봐도 강인한 정신력으로 견뎌내겠다고 굳게 다짐했다. 2020년 경자년(하얀 쥐의 해)을 맞아 각종 브랜드에서 디즈니와 협업해 미키 마우스 제품을 선보였지만 구경만 했다. 그렇게 꾹꾹 잘 참다가 결국 하나를 구입해버렸다.

한 가지 다행인 것은 예쁘기만 하고 쓸모없는 게 아니라 우리 집에 하나쯤은 필요한 물건이라는 거였다. 다만 거기에 캐릭터가 '한 방울' 첨가된 미키 마우스 탁상시계!

어차피 집에 시계 하나쯤은 필요했다. 분명 필요한 소비였다. 배송비가 시계 가격보다 높았지만 오랜만에 갖고 싶은 물건이니 시원하게 사기로 하고는 카드번호를 입력하고 결제 버튼을 눌렀다. 구입처는 이베이. 물건은 저 멀리 미국 일리노이에서 출발해서 일주일 정도의 시간이 흐른 뒤에, 한국의 우리 집으로 배달됐다.

이 시계로 말할 것 같으면, 1980년대에 만들어졌다고 추정되는(정확한 정보를 찾지 못했다) 오래된 시계였다. 일명 '빈티지'로, 더 이상 생산이 되지 않는 물건이다. 사용된 적이 없어서 외관은 깨끗했고 심지어 뒷면에 새것이라는 스티커도 붙어 있었다. 겉이 조금 해지기는 했지만 상자도 있었고, 더 이상 의미는 없지만 품질 보증서까지 들어 있었다. 문제는 이 시계가 이렇게 작을 줄 몰랐다는 거였다. 총 길이는 새끼손가락만 했고, 시계 부분은 손목시계와 비슷할 만큼 작았다. 저 멀리 미국에서 와준 만큼 포장을 뜯고는 기뻐야 했는데, 생각만큼 행복하지 않았다. 괜히 샀다는 생각이 들면서, 갑자기 정신이 번쩍 들었다.

‘나, 충동구매 했구나!’

미키 마우스가 결국 나의 단단한 소비 감시망을 뚫고 내 지갑에 침투했고, 결국 집에까지 쳐들어왔다. 필요한 물건이라서 샀을 뿐이라는 말로 충동적인 소비를 애써 꾸며보려 했지만 쉽지 않았다. 인정해야 했다. 탁상시계의 역할을 전혀 하지 못하는 장식품을 샀다는 것을 말이다!

차라리 잘된 걸지도 모르겠다. 그 뒤로 나의 소비 욕구가 ‘쏘옥’ 하고 어디론가 사라져버렸으니까. 나는 더 단단한 소비 감시망을 구축하게 됐고, 미키 마우스를 돌같이 보게 됐다.

몇 달이 지났다. 미키 마우스 시계를, 아니 장식품을 구입한 일로 더는 나를 자책하지 않는다. 조금만 멀리 떨어져도 시간을 전혀 알 수 없을 만큼 작지만 귀엽고, 또 귀엽고, 또 귀엽기 때문이다. 이왕 이렇게 된 거, 오래도록 이 시계를 책임져볼 생각이다. 미키 마우스 시계야! 내가 너의 마지막 주인이 되어줄게!

시계가 맞긴 한데…

자세히 보아야 시간이 보인다,

인터넷 쇼핑몰 VIP를 포기하다

집을 채우기 위해 필요한 물건을 사들이기를 꼬박 한 달, 뭘 사러 돌아다니는 것도 이제는 지긋지긋하다고, 그만 좀 사고 싶다고 습관처럼 투덜거리게 됐을 때였다. 자주 이용했던 인테리어 쇼핑몰로부터 메시지 하나를 받았다.

'축하합니다! 구매 등급이 VIP로 업그레이드되셨습니다.'

VIP라는 글자를 보고 놀라지 않을 수 없었다. 내가 뭘 그렇게 샀다고 최고 등급이 됐는지 당황스럽기도 했다. 내가 이곳에서 구입한 것은 침대 프레임, 의자 두 개, 철제 수납 장, 궁중 팬, 친정에서 남편과 지내는 동안 사용하기 위한 매트리스 토퍼뿐이었다. 꼭 필요한 물건만을 샀는데도 괜히 뻘쭘했다. VIP라는 단어 자체가 소비를 자제하는 미니멀 라이프와는 다소 거리가 있었으니까. 알고 보니 VIP 등급은 지난 6개월 간 50만 원 이상을 구입하면 받게 되는 등급이었다. 특전도 대단한 것은 아니었다. 쇼핑몰에서 물건을 구입하면 넣어주는 적립금이 1%에서 3%로 상한 조정된다는 정도였다. 반가운 소식이었다. 적립금이 쌓이면 쇼핑을 할 때 쏠쏠하게 사용되니까.

인테리어 상품을 판매하는 쇼핑몰은 이사를 하거나 살림살이를 채우려는 사람들에게 좋은 안내자 역할을 해준다. 나처럼 집을 꾸미는 게 막막한 사람들에게 인테리어 방식을 제안하고, 물건을 종류나 디자인별로 잘 분류해서 물건을 쉽게 구입할 수 있도록 도와준다. 잘 꾸며진 다른 사람들의 집을 소개하기도 한다. 얼굴도 모르는 사람들의 예쁜 집을 구경하는 일명 '랜선 집들이'를 하루에 몇 번이나 할 수 있다. 하지만 남의 집을 계속해서 보다 보면 소비 욕구를 억제하기 힘들다. 예전의 나였다면 집이 더 예뻐 보이길 바라면서, 100% 확률로 장바구니에 쉴 틈 없이 물건을 채워 넣었을 것이다. 하지만 미니멀리스트가 된 지금의 나에게는 집을 '멋지게 꾸며야겠다'는 생각은 없다. 이미 충분한 가구가 있고, 특히 장식을 위한 소비는 하지 않기로 다짐한 상태이기 때문이다. 단지 꼭 필요한 나머지 물건의 구매를 얼른 끝내고 싶은 마음뿐이었다.

그럼에도 소비에서 벗어나지 못하는 항목이 있었다. 바로 주

방용품! 냄비는 뭘 써야 하고, 조리도구는 뭐가 나은지, 정리는 어떻게 해야 효율적인지. 살림살이에 대한 정보가 없으니 뭘 사야 할지 고르는 것도 너무 어려웠다. 그럴 때마다 인터넷 쇼핑몰을 자주 찾았다. 먼저 구입한 사람들의 솔직한 리뷰를 보며 가성비 좋은 물건을 골라내기도 하고, 주방 정리 아이디어를 얻기도 했다. 필요한 물건만 찾겠다던 나는 점점 예쁜 냄비나 그릇, 식기에도 눈을 돌리고 있었다. 더 나은 하루하루를 보낼 수 있을 거라는 기대감 때문이었다. 아직도 살림이 어려운 초보 주부는 아무 물건에나 금세 마음을 뺏겼다. '이거 괜찮은가? 리뷰도 좋은데?' 장바구니에 냄비를 비롯한 주방 정리용품이 자꾸만 쌓여갔다.

다행인 것은 인터넷 쇼핑을 할 때, 장바구니에 넣자마자 바로바로 구입하는 대신 며칠 묵혀두는 습관이 생겼다는 거였다. 인터넷 쇼핑몰의 장점 중 하나이다. 바로 사지 않는다고 해도 누구의 눈치도 보이지 않는다는 것.

장바구니에 쌓아둔 물건들이 없으면 주방이 돌아가지 않을 거라는 불안한 마음이 들었지만 며칠 후, 내 걱정과 달리 그 물건이 없어도 불편함이 없는 우리 집을 발견했다. 즉, 우리 집 주방에 더 이상 필요한 것이 없다는 의미였다. 당연히 묵혀둔 장바구니 속 물건은 싹 비워냈다. 이제는 정말 그만 사도 되겠다는 확신이 들었다. 미련 없이 쇼핑 앱을 삭제했다. 쇼핑 지옥에서 해방이었다!

"와, 그만 사도 된다니!"

물건 사는 일이 이렇게 고역스러울 줄은 몰랐다. 돈 쓰는 게 세상에서 제일 재밌다는 말은 이제 과거의 이야기다. 생활에 필요한 것만 사기로 마음먹고 시작했던 긴 소비가 끝나자 그동안 쌓였던 피로가 싹 가셨다. 한동안은 이미 구입한 물건들을 잘 관리하고 돌보는 데만 시간을 보낼 것이다.

물건보다 소중한 관계가 있다

이사 온 지 두 달쯤 지나서 첫 집들이를 했다. 친구들과 친구의 남편들, 여섯 살 어린이, 그리고 남편과 나까지 총 일곱 명이 작은 집에 옹기종기 모이게 됐다. 가족들은 몇 번씩이나 들락날락한 집이었지만 정식으로 손님을, 또 이렇게 많은 사람을 초대한 것은 처음이라서 남편과 나는 걱정이 많았다. 우리 집은 작고, 물건이 많지 않은 공간이니 불편할 게 뻔했다. 친구들이 그 정도는 이해하고 넘어갈 것을 알면서도, 우리 집에서 머무는 동안 불편하지 않길 바랐다.

손님 맞이용으로 접이식 의자를 구입하기로 마음먹고, 다양한 의자를 둘러보기 시작했다. 스툴 여러 개를 사서 평소에는 겹쳐두었다가 손님들이 올 때마다 꺼내어 쓰면 어떨까, 원목 접이식 의자는 어떨까, 자리를 적게 차지하는 철제 의자는 또 어떨까. 며칠을 고민하다가, 결국에는 우리 집에 있는 커다란 소파와 의자 두 개, 그리고 접이식 사다리를 활용해서 손님을 맞이하기로 했다.

접이식 사다리는 집에 의자도 없던 시절, 커튼을 달기 위해 친정에서 빌려온 것이었다. 도배할 때 많이 사용하는 사다리인데, 다리를 펼치면 앉기에 높이도 적당했고, 접어서 보관하기도 좋고, 잘만 하면 세 명까지 앉을 수 있는, 의자의 아주 좋은 대안이었다.

잠깐 빌려온 사다리였는데 쓰다 보니 장기 대여를 해도 좋겠다 싶었다. 사다리 위에 피크닉 매트를 깔아주었더니 보기에도 꽤 그럴싸했다. 거기다가 푹신한 방석 두 개를 올려주었다. 여분의 의자 대신 구입한 방석이었다. 이 방석은 평소에는 의자에 놓고 사용하다가, 거실에 앉을 때는 바닥에 깔고, 집들이처럼 많은 손님이 방문했을 때는 사다리 위에 척 올려두기로 했다. 아주 만족스러운 1석 3조의 소비였다.

남편과 나는 집들이 전날, 미리 테이블을 세팅하고 그 주변에 소파와 의자, 그리고 사다리를 배치했다. 들쑥날쑥한 의자 높이가 신경이 쓰였지만 최대 8명까지 앉을 수 있는 자리가 생겼다. 불편한 자리를 선점하기 위해서 소파와 사다리에 각각 앉아보며 먹는 시늉도 해봤다. 높은 의자보다 낮은 소파가 좀 더 불편했고, 그래서 우리가 그쪽에 앉기로 했다.

드디어 집들이 날이 밝았다. 약속된 시간에 현관 밖에서 시끌시끌한 소리가 들리더니, 다 큰 어른들과 어린이 한 명이 줄 지어 집으로 들어왔다. 처음으로 집이 꽉 차는 느낌을 받았다. 뿔뿔이 흩어져서 집을 구경하더니 실제면적에 비해 집이 넓어 보인다고, 깨끗하다고, 우리가 살게 된 이 집을 좋게 봐줬다.

집들이 음식으로는 호주식 월남쌈을 준비했다. 기존의 베트남식보다 내용물이 훨씬 다양하고 푸짐한 것이 호주식의 특징이다. 호주에서 시어머니가 자주 해주시던 방식에 우리가 안 먹는 고수와 민트 등을 빼고 준비했다. 월남쌈은 손이 많이 가는 것 같아도, 재료 준비만 잘해놓으면 대부분 소스 맛으로 먹기 때문에 초보자도 손님 대접용으로 만들기 좋은 음식이다. 먹고 싶은 것만 골라서 먹을 수 있고, 월남 쌈의 내용물은 여러모로 활용 가능해서 버려지는 음식물 쓰레기의 양이 적다는 것도 장점이다. 남은 재료는 나중에 샐러드로 먹거나 김밥 김을 반으로 자른 후 밥 위에 원하는 내용물을 넣고 싸 먹으면 된다(일명 LA 김밥!).

친구들에게 집들이 선물은 사오지 말라고 누차 말했다. 이미 웬만한 것은 다 있어서 정말 선물이 필요하지 않았다. 정 사오고 싶으면 함께 마실 만한 차를 가져오라고 했다. 뭐라도 더 해주고 싶어 하는 친구들의 마음은 알지만 우리는 정말 괜찮았다. 그저 함께 사온 음식을 나눠먹는 것만으로, 즐거운 시간을 보내는 것만으로 충분했다.

집들이가 끝난 후, 제대로 된 집들이 선물을 해주지 못해서 마음이 편치 않았는지 친구 남편이 연락을 해왔다. 우리가 물건을 신중하게 구입하는 것 같아서 준비는 못했지만 꼭 필요한 것이 생기면 알려 달라면서 메시지를 보내온 것이다. 메시지 하나에 집 안의 빈 구석이 꽉 채워지는 기분이 들었다. 우리의 삶을 이해해주는 친구들의 마음이 정말이지 따뜻했다. 나에게는 물건보다 값진 사람들이 있다.

×
　×
×

나에게 박수를 쳐주고 싶다!

　　1년 동안 비우기만 하던 두 사람이 다시 채우기를 해야 하는 상황을 마주했다. 아무것도 없던 집에 필요한 가전 가구를 들이고 컵이나 주방칼처럼 사사로운 물건까지 하나하나 채워야 했다. 솔직히 처음에는 신나기도 했다. 돈을 마음껏 쓰는 일이 그립기도 했고, 이제는 집을 원하는 물건들로만 제대로 채울 수 있을 것이라는 기대감 때문이기도 했다. 숟가락 하나, 젓가락 하나를 사더라도 신중하게 골랐다. 온라인에는 더 다양한 종류의 물건이 있었지만, 직접 눈으로 확인해보고 싶어서 오프라인 매장을 찾아다녔다. 오래 사용해야 하는 물건일수록 더 많은 시간을 들였다. 앉아보고, 누워보고, 만져보고. 그러지 않으면 오랜 시간 후회해야 할지도 모르기 때문에 꾸준히 발품을 팔았다.

이제 그만 사고 싶어

한 번에 많은 물건을 사는 것은 무리였다. 우리에겐 이미 신혼 살림을 채우고, 또 비웠던 경험이 있어서 다시 채우는 게 한결 쉽긴 했지만 그마저도 정답은 아니었기 때문이다. 결국 생활하면서 하나씩 더 채워나가기로 했다. 필요한 것이 생기면 남편과 대화하면서 구입할지 말지를 결정했다. 만 원 이하의 저렴한 물건도 똑같았다. 특히 세트로 구성된 제품은 구입하지 않았다. 한꺼번에 구입하면 훨씬 저렴하지만, 5종 냄비 세트나 다양한 종류로 구성된 그릇 세트 같은 것을 사서 일부라도 쓰지 않거나 방치해두고 싶지 않아서였다. 생각보다 집은 쉽게 채워지지 않았다.

필요한 것이 생길 때마다 한숨부터 나왔다. 정말 그만 사고 싶었다. 차라리 대충 결정했다면 빨리 끝났겠지만, 이것저것 재고 따져야 했기에 더더욱 시간이 걸렸다. 어쨌든 여유가 필요한 일이었다.

문제는 물건 사는 일이 내가 살아가는 동안 완전히 끝날 수 없다는 사실이었다. 어쩔 수 없이 살 것이 계속 생기니까. 나는 아마 평생 동안 지금과 같이 소비자일 거다. 그래서 소비를 계속 의식하며, 그나마 덜 사는 쪽을 택하려고 한다. 그만 사고 싶은 나를 위한 최선의 방법일 테니까.

나도 모르게 완벽함을 바라기 시작했다

우여곡절 끝에, 끝나지 않을 것 같던 집 채우기가 마무리됐다 (아마도!). 새로운 곳으로 이사하며 집을 꾸려본 사람들이라면 공감하겠지만 사실 집 채우기에 끝은 없다. 그냥 멈추는 것일 뿐. 여전히 내 눈에 거슬리는 것도, 아쉬운 부분도 있지만 이쯤에서 멈춰야 했다. 이미 우리에게 필요한 만큼의 물건이 적재적소에 위치해 있고 생활을 유지하는 데 전혀 문제가 없었으니까. 하지만 얼마 전까지만 해도, 나는 한숨만 푹푹 내쉬고 있었다. 바로 우리 집 모든 조명이 마음에 들지 않아서였다.

호주에서 사는 동안 노란 전구에 익숙해졌다. 처음에는 그 노란 불빛이 어두침침하다고 느껴져 조명을 바꾸고 싶기도 했는데 어느새 그 은은한 분위기를 좋아하게 됐다. 그래서 한국에 새 집을 마련했을 때는, 쨍하고 새하얀 LED 조명에 영 적응이 되지 않았다. 전구색이라도 노란 걸로 바꿀 수 있으면 좋으련만, 일체형이라서 그것도 어려웠다. 몇 날 며칠을 고민했다. 남편과 천장 조명을 열어보기까지 했는데, 이미 설치된 조명이 워낙 넓은 면적을 차지하고 있어서 전구를 바꾸려면 천장 도배를 다시 해야 할 정도였다.

그런 상황에서도 나는 욕심을 냈다. 다른 데는 안 바라니까 딱 거실 조명만 바꾸면 완벽할 것 같다면서! 아니, 잠깐. 완벽이라고? 최소한의 물건만으로 살고 싶다고 말하면서 집을 완벽하게 꾸미고 싶어 하는 것은 완벽한 욕심이었다. 우리 집이, 나의 생활이 완벽하길 바란 것은 아니었는데.

다시 정신을 차렸다. 존재만으로 자신의 역할을 충분히 해내고 있는 천장 조명은 그대로 두기로 했다. 그사이에 미운 정도 들었다. 다만 늦은 밤에 켜두기에는 너무 밝았으므로, 눈이 부실 때는 침실의 작은 조명을 거실로 가지고 나와서 은은한 분위기를 조성하기 시작했다. 불만은 사라졌다. 오히려 또 뭔가를 사지 않아도 된다고 생각하니 홀가분했다. 조명을 사기 위해 또 여기저기를 헤매거나 집 안 곳곳에 달린 조명을 바라보면서 한숨 쉬지 않게 됐다. 어쩌면 미니멀 라이프라는 말을 앞세워 포기, 합리화, 체념을 삼켜내는 것일지도 모른다. "이 모든 것은 미니멀 라이프를 위해서야!"라고.

하지만 그러면 좀 어떤가. 그렇게라도 해서 내가 조금이라도 나아질 수 있다면, 내가 덜 가질 수 있다면 이 정도 참아내는 것 쯤이야.

그럼에도 불구하고

그 어떤 순간보다도 신중하게 고민하고, 계획하며 물건을 들였다. 이 정도라면 내가 들인 모든 물건에게 오래도록 만족을 느

198

꺼야겠지만, 그럼에도 이내 아쉬움이 남고, 문득 후회하기도 한다. 필요하다고 생각해서 산 물건이 정말 꼭 필요한 것인가라는 질문에 선뜻 답하기도 어렵다. 편리함을 포기하지 못해서, 좋아하는 것을 더 신나게 즐기기 위해 물건을 구입하기도 했으니까. 하지만 자책하지 않으려고 한다. 어떤 선택을 했더라도 나는 한 번쯤 후회를 했을 것이다. 왜냐면 미니멀리스트가 됐지만 나는 여전히 변덕도 심하고, 마음도 자주 바뀌고, 금세 질려버리고, 새로운 것에 눈이 반짝거리는 사람이기 때문이다.

그런 사람이, 1년 넘게 미니멀 라이프를 즐기고 있다는 것만으로도 나는 만족하며 박수를 쳐주고 싶다. 어떻게 하면 삶과 생활이 나에게로 더 향할 수 있을까, 어떻게 하면 물건을 최소한으로 줄일 수 있을까, 어떻게 하면 진짜 미니멀리스트가 될 수 있을까, 매일매일 고민한 나를 가장 잘 아는 사람으로서 말이다. 솔직히 이 글을 쓰면서도 놀랍다. 예전 같았다면 나를 몰아세우며 왜 이것밖에 못했냐고 스스로 자책했을 게 뻔한데, 나에게 박수를 쳐주겠다니!

내 삶이 다하는 날까지 수없이 많은 비우기와 채우기를 하게 될 것이다. 이제 고작 몇 걸음 내디뎠을 뿐, 갈 길이 아직 멀다. 무리하지 않고 꾸준히 나아가며 달라지고 싶다. 더 단단해질 그 날까지!

Chapter 5

내일을 위한 중심 잡기

물건에 대한
새로운 기준이 필요하다

　내가 물건을 비우는 기준은 언제나 명확했다. 필요하지 않는 물건과 좋아하지 않는 물건을 남기지 말 것! 워낙 필요 없는 물건을 많이 가지고 살았기 때문에 몇 달간은 이 기준만으로도 물건을 비우기에 충분했다. 비우고 또 비워도 여전히 버릴 것이 존재했다. 하지만 어느 순간부터 길 한가운데가 꽉 막힌 도로처럼 좀처럼 나아가질 못했다. 아직 갈 길이 멀었는데 말이다. 앞서 말한 기준으로는 더 이상 물건을 비우기에 역부족이었던 것이다.

　새로운 기준이 필요해졌다. 어쩌면 물건을 향한 단호하고 강력한 태도가 새롭게 필요한 걸지도 몰랐다. 마지막 비우기를 하겠다는 마음으로 제자리를 지키고 있는 물건들을 꼼꼼하게 둘러봤다.

좋아하는 물건이 정말 좋아하는 물건일까

'좋아하는 물건'이라는 이름으로 얼마나 많은 물건들을 남겨두었는지 모른다. 작고 귀여운 피규어부터 오래 전 추억의 물건까지. 필요도 없고, 사용하지도 못하는 물건들이 좋아한다는 이유로 살아남아 상자 안에 자리 잡고 있었다. 이 마음은 꽤 견고했다. 좋아하는 물건들을 모아둔 상자를 꺼내어 열어보았다가 고스란히 제자리로 넣어두는 일을 몇 번이나 반복했다.

영원히 손대지 못할 것 같던 이 물건들을 독한 마음을 먹고 조금씩 비워내기 시작했다. 그저 갖는다는 것 자체에 의미가 있는 물건은 더 이상 소유하지 않겠다는 마음을 품은 뒤였다. 그 기준이 생기자마자 표면이 벗겨져서 사용하기는 어려웠던 미니 마우스 열쇠고리, 중학교 마크가 새겨진 녹슨 배지, 가지고 놀 일 없는 작은 장난감들을 이제서야 보내줄 수 있었다. 이 순간을 기다려왔다!

비울 위기에 처한 물건들을 책상 위에 올려두고 하나씩 사진을 찍었다. 누군가에게 줄 수도 없을 만큼 오래됐거나 꼬질꼬질한 물건이 대부분이었다. 고민 없이 쓰레기통으로 직행했다. 좋아하는 물건이 한순간에 쓰레기가 되어버렸지만 이상하게 아쉽지도 않다. 어쩌면 좋아하는 물건이라는 말도, 물건을 비우지 않기 위한 하나의 변명거리에 불과했던 게 아닐까?

상자 속을 가득 채웠던 물건이 천천히 사라지고 있다. 처음 미니멀리스트가 되기로 결심했을 때의 우리 집처럼, 조금씩 빈 공간이 생기고, 그 자리에 어김없이 개운함과 가벼운 마음이 채워졌다.

언젠가는 이 상자마저 없어질지도 모른다. 하지만 이런 소란 가운데에서도 여전히 살아남은 물건들이 있다. 이제는 내가 정말 좋아하는 물건들만 남았다고 생각하지만… 이 물건들은 정말 내게 의미 있는 물건일까? 솔직히 잘 모르겠다. 그래도 오늘은 그냥 여기까지만 비우지, 뭐.

물건은 물건일 뿐

물건은 나에게 편리함을 주고, 삶의 질을 높여주기도 한다. 일의 능률을 높여주거나 쾌적한 생활을 도와준다. 하루에도 수십 번 물건들에 의지하고 도움받으며 살아간다. 물건 없는 생활을 꿈꾸지만, 사실 물건 없이는 하루도 살아갈 수 없다. 그래서 전보다 반 이상은 줄어든 물건으로 그 전보다 더 나은 삶을 살아가고 있는 내가 참 대견하다.

같은 미니멀 라이프라도 사람마다 각자 더 중요시하는 부분이 있는데, 나는 유난히 물건 비우기에 집착했다. 무엇보다 '돈의 힘'을 알아버린 어린 시절부터 생긴 물욕이 천천히 사라지고 있는 것을 느끼기 때문이다. 비우는 기쁨을 알고, 비워진 공간에 물건이 아닌 것을 채울 수 있다는 사실을 알게 됐다. 대신 그 자리에는 내 생활을 천천히 돌아보려는 진중한 마음가짐 같은 것들이 채워졌다. 쉽게 물건을 사던 습관도 자연스럽게 고쳐졌다. 사실 나에게는 그게 가장 필요했다. 나는 오랫동안 물건으로 부족한 부분을 채우려는 조바심을 버리고, 가진 물건으로 나를 평가하는 세상의 시선에서 벗어나기를 바랐다. 그리고 지금, 어느 정도 극복했다고 말할 수 있게 됐다.

　이제서야 물건을 대하는 나의 태도가 확실해졌다. 가지고 있는 물건이 절대 나를 대변해주지 않는다는 것을 안다. 물건이 아닌 나 자신을 스스로 기억하고, 추억해야 한다. 그러니까 물건에 너무 많은 감정과 에너지를 내어주지 않아도 괜찮다.
　편안하고 안정된 생활을 위해, 일의 능률을 위해, 즐거운 시간을 위해 필요하면 갖는다. 열심히 사용한다. 충분히 썼다면 비운다. 물건의 용도는 그뿐이다.

스티브 잡스처럼
매일 같은 옷을 입고 싶은데

스티브 잡스는 내가 아는 가장 유명한 미니멀리스트다. 그는 늘 같은 디자인의 검은색 터틀넥과 청바지를 입고, 그리고 뉴발란스 운동화를 신으며 자신의 복장을 유니폼화시켰다. 새로 출시하는 제품을 발표하는 자리에서도 시그니처 룩(Signature Look)은 변함없었다. 그의 회사였던 애플만큼이나 그의 시그니처 룩도 유명했고, 일에 집중하기 위한 선택은 스티브 잡스를 더 빛나게 했다.

미니멀리스트가 된 나는 스티브 잡스처럼 가진 옷의 종류를 줄이고, 나만의 시그니처 룩을 만들고 싶어졌다. 그 이유는 간단했다. 일에 집중하고 싶어서라기보다는 그냥 옷에 신경 쓰는 시간을 줄이고, 내 시간을 조금이라도 늘리고 싶었다. 약 1년간 옷장을 비우고, 다시 옷장을 채우는 일에 결코 적지 않은 에너지

시그니처 룩이 있는
나의 캐릭터에게도
부러운 마음을 품는 나...

와 시간을 소모했다. 쇼핑 자체를 즐기던 때는 느끼지 못했지만 지금의 나는 옷에 신경 쓰는 시간이 너무도 아깝다. 차라리 옷을 만들어 입는 게 비용적으로나 시간적으로나 더 절약될 것 같았다. 그렇다고 당장 옷을 만들 수 없으니, 스티브 잡스처럼 마음에 쏙 드는 옷을 열 벌쯤 구입해두고 입으면 어떨까? 분명 옷 걱정 없이 몇 년은 버틸 수 있을 것이다.

한편으로는 스티브 잡스도 아닌 내가, 시그니처 룩이랍시고 매일 같은 옷을 입고 다녀도 되는 걸까 걱정되기도 했다. 부모님은 내가 힘들게 살고 있는 것은 아닌지 괜한 걱정을 할 테고, 동네 사람들은 나를 얼굴이 아닌 옷으로 기억할 것이다. 자주 보지 않는 지인들이 볼 때마다 같은 옷을 입고 나오는 나를 어떻게 바라볼지도 여전히 신경 쓰였다.

미니멀 라이프를 꾸준히 유지하다 보니 기쁘게도 옷을 몇 벌 가지고 있는지, 어떤 옷을 입는지, 다른 사람에게 어떻게 보일지보다 중요한 것을 깨닫는 순간이 찾아왔다. 지금의 나에게는 내가 어떤 사람인지 아는 것과 미래를 어떻게 꾸려나갈지 고민해보는 것, 어떻게 하면 즐겁게 살아갈 수 있을지 생각하고 행동하는 것이 더 중요하다. 누군가 겉모습으로 나를 어떻게 판단하든 나의 생활이 달라질 것은 없으니까. 그런 걱정할 시간에 뭘 먹을지라도 고민하는 것이 나에겐 훨씬 이롭다. 사실 사람들은 생각만큼 내가 어떤 옷을 입는지 관심 없다. 아니, 매일 똑같은 옷을 입는다는 사실을 알아차린다고 해도, 이상하거나 안 좋게 보지 않는다. 나조차도 타인이 어떤 옷을 입든 크게 신경 쓰지 않으니까. 어떤 옷을 입든 나는 나고, 당신은 당신이다. 그 사실은 변하지 않는다.

아직 시그니처 룩은 없지만 다른 사람에게 보여주기 위한 옷 입기를 멈추고, 옷장을 간소하고 깔끔하게 유지하려 한다. 덕분에 같은 옷을 입는 날이 많아졌고, 자주 빨래를 하게 된 덕분에 옷이 전보다 빨리 해지기도 한다. 하지만 나에게 잘 어울리고 편안한 스타일만 남겨둔 후로는 나이에 맞지 않는 옷차림은 아닐까, 뚱뚱해 보이지는 않을까, 너무 과하지는 않을까 잡념하며 겉모습을 의식하지 않게 되었다. 만나는 사람들에게 있는 그대로의 편한 나를 내보일 수 있게 되었다. 깔끔하고 단조로운 스타일이 나와 잘 어울린다는 말을 들으면 뿌듯하기도 하다.

스티브 잡스가 존경스럽다. 다른 업적보다도 자신이 좋아하는 스타일을 구축하고, 그 옷만 입기로 결단 내린 것이 지금의 나에겐 가장 멋지게 느껴진다. 스티브 잡스처럼 시그니처 룩은 만들지 못하더라도, 죽을 때까지 입고 싶은 스타일을 찾아서 옷에 대해 고민하지 않기를 바란다. 더 중요한 것에 집중할 수 있도록.

미니멀리스트 유튜버가 되다

　　미니멀리스트가 되기로 결심한 후, 지금 나에게 일어나는 생각과 변화를 기록해두면 좋겠다고 생각했다. 이전에는 겪어보지 못했던 상황들이 즐거웠고, 그 즐거운 경험을 기록해두지 않으면 안 될 것 같았다. 당시 나는 '카카오 브런치'라는 플랫폼을 이용하고 있었던 터라, 새로운 카테고리를 만들어 미니멀 라이프 관련 글을 써서 올리기 시작했다. 운 좋게도 그 글이 포털 사이트 메인에 자주 노출되었다. 봐주는 사람들이 생기자 자신감도 생겼고, 나 같은 고민을 하거나 미니멀 라이프에 관심 있는 사람이 많다는 것도 알게 됐다. 그 뒤로도 내 경험을 솔직하게 써내려갔고, 그 글들을 기반으로 영상을 만들어보면 어떨까 싶었다.

　　유튜브 채널을 운영한 것이 처음은 아니었다. 남편과 호주 관

211

광지를 돌아다니면서 촬영한 영상을 호주 관련 정보와 함께 업로드했었다. 아주 가끔 데이트할 때 찍은 영상들이었다. 그냥 한 번 해보자는 마음으로 임해서 그랬는지, 조회수가 잘 나오는 것도 아니고 구독자가 많지도 않아서 그랬는지 점점 시들해졌다. 들이는 시간에 비해 결과가 별로였다.

이번에는 제대로 유튜브 채널을 운영하고 싶었다. 때마침 미니멀리스트로서 미니멀 라이프 실천에 온 신경이 집중되어 있던 터라 자연스럽게 그 이야기를 해보고 싶어진 것이다. 그렇게 나는 미니멀 라이프를 이야기하는 유튜버가 됐다.

한 번의 실패 아닌 실패 이후에 만든 채널이라서, 처음에는 유튜브 채널에 큰 기대는 하지 않기로 했다. 그저 기록해두었던 글들을 하나씩 영상으로 풀어갔다. 글을 영상으로 만들기에는 한계가 있어서, 캐릭터를 만들고 애니메이션 형식을 차용했다. 내 캐릭터도 프롤로그 영상을 만들던 바로 그날 탄생했다.

대부분의 유튜브 채널처럼 처음에는 아무 반응도 없었다. 두 번째 영상을 올릴 때까지도 조회수는 10을 겨우 넘었다. 그것도 다행이라고 생각했다. 세 번째, 네 번째 영상을 올리자 어떤 영상은 조회수 100을 찍기도 하며 천천히 반응이 오기 시작했다. 20일 만에 구독자 100명이 됐고, 그 다음주에는 1,000명이 됐다. 어느 순간부터는 영상을 올리면 사람들이 기다렸다는 듯이 나타나서 댓글을 달았다. 재미있다고, 도움이 됐다고 말해줬다. 사람들의 관심 덕분에 더 즐거운 마음으로 영상을 만들고, 올렸다. 그렇게 나는 35,000명의 구독자를 지닌 유튜버가 됐다. 가끔은 너무도 많은 사람이 나를 알고 있다는 게 이상하기도 했다. 이런 상황은 처음이라서, 믿기지가 않았다.

유튜버가 된 이후 새로운 보람을 느낄 때가 많다. 구독자들이 나의 영상을 보며 미니멀 라이프를 시작하게 됐다, 내 영상이 동기부여가 되어서 물건을 비웠다, 청소했다는 댓글을 볼 때. 얼굴을 모르는 사람들과 소통한다는 것이 이런 기분이구나, 하면서도 한편으로는 걱정됐다. 내 영상을 보는 사람들에게 잘못된 정보를 전달하게 될지도 모른다는 것이 두려웠고, 그들이 기대하는 것보다 한참 부족한 사람이라서 죄책감이 들기도 했다. 그럴 때마다 더 나은 사람이 되기 위해 노력하겠다고 다짐했다.

문득, 내가 유튜브를 통해 진짜로 전하고 싶은 이야기가 무엇일까 생각해본 적이 있다. '미니멀리스트가 되면 이렇게 좋아요!'라는 말을 하고 싶은 걸까, 아니면 그저 내 변화하는 일상을 공유하고 싶은 걸까. 오랫동안 고민해보았고, 최근에서야 겨우 답을 찾았다. 나는 영상을 시청해주는 이들이 나처럼 뭔가를 하면 좋겠다는 마음으로 콘텐츠를 만드는 것이 아닐까. 공부로, 업무로, 집안일로 삶이 분명 무겁겠지만 물건을 비우거나, 짧은 글을 쓰거나, 연필이나 펜으로 종이 위에 마음껏 그림을 그려보거나, 영상을 만들어 유튜브에 공유해보거나, 새로운 음식을 만들어 먹어보는 등 일상에서 할 수 있는 일에서 작은 해방감을 느꼈으면 좋겠다. 사소한 즐거움으로 삶이 조금이나마 가벼워지기를 바란다.

스케치북에 달력을 그려 벽에 붙이는 영상을 유튜브에 올렸을 때도 그랬다. 예쁜 달력을 사는 게 어쩌면 가장 쉬운 방법이겠지만, 나만 가질 수 있는 무엇인가를 직접 만들어보는 것도 좋은 경험이라는 생각이 들었다. 그 영상을 보고 '나도 이렇게 해보겠다'고 말하는 사람들이 생겨 기뻤다. 누군가에게 그런 마음이 들게 했다는 것 자체가 나에게는 가장 큰 성과였다. 사람들에게 소비하지 않고도 소소한 기쁨을 마주할 수 있는 아이디어를 공유하는 것이, 뭔가를 해보고 싶다는 마음을 선물하는 것이 현재 나의 목표이자 욕심이다.

나는 앞으로도 새로운 요리를 배우고, 집 근처 산을 오르며 왜 오자고 했냐고 후회하다가도 정상에 올라서는 성취감을 맛보고, 아무것도 안 하고 싶다고 말하면서도 계속 뭔가를 시도하고, 늦잠 잤을 때와 새벽에 일어났을 때의 기분을 비교해보고, 가지고 있는 물건을 비우고, 다시 채우고, 고민하고, 생각하고,

표현하고, 사랑하며 살아갈 것이다. 그리고 그때마다 얻은 것을 영상으로, 글로, 그림으로 남기고 싶다. 소망이 있다면 내가 살아가는 과정을 누군가가 공감해주고, 재미있게 봐주면 좋겠다.

×
　×
×

나의 생활에 맞게
살아가는 중입니다

　　최소한의 물건만 가지고 살려고 노력하고 있다. 예를 들면 텔레비전 수납 장 안을 정리할 또 다른 수납함을 새로 구입해 정리하지는 않으려고 한다. 수납 장 안이 어지러운 것 같으면, 그 안에 든 물건을 줄이려고 한다. 서랍장이 깊은 편이라 넣어둔 물건들이 서로 엉키는 경우가 있다. 물건의 양이 적어도 그렇다. 그럴 때는 물건을 사고 얻은 포장 상자를 활용한다. 예전에는 곧장 쓰레기로 전락했지만 요즘에는 꽤 유용해 보이는 물건이다. 잘 사용하다가 물건의 양이 줄어들면 재활용으로 처리한다.

　　내 생활을 채우는 곳곳의 물건을 줄였다. 두 명이 사용하기에 두 칸짜리 옷장이 부족할 수도 있다. 그렇다고 옷을 수납하는 공간을 늘리고 싶지는 않다. 대신 매일매일 옷장이 부족해지지 않도록 주시하고 있다. 그렇게 나는 내 생활에 맞춰 물건을 들이고, 비워내고 있다. 이유는 단 하나. 적어도 내 생활이, 시간이, 순간이 복잡하지 않길 바라기 때문이다.

필요한 만큼만 갖기

내 책상에는 언제나 연필꽂이가 있었다. 그것도 여러 개. 4B 연필, 볼펜, 여러 개의 커터 칼부터 마커와 색연필 같은 미술용품까지 질서 없이 가득 찬 연필꽂이는 책상 위 공간 대부분을 차지하고 있었다. 나중에는 커다란 필기구 정리함을 구입했다. 책상 위를 깔끔하게 만들려는 선택이었지만 점점 서랍장 같이 그저 물건을 숨겨두기 위한 존재가 됐다. 책상이 어수선했던 이유도 이 녀석 때문이었다. 그래서 필기구 정리함을 비워보기로 했다.

내게 꼭 필요한 것뿐이라고 생각했는데, 정리하다 보니 정작 사용하는 것은 각각 용도에 맞는 것들 하나씩. 자 하나, 칼 하나, 연필 하나, 샤프 하나, 펜 하나 정도였다. 잉크가 굳어서 나오지 않는 펜도 많았다. 가지고만 있었지, 한동안 써보지 않았기 때문에 그런 줄도 몰랐다. 하나씩 뚜껑을 열어 확인한 뒤에 싹 비워냈다. 이제는 정말 필요한 것만 남았다. 큼지막한 수납함이 사라졌고, 대신 플라스틱 커피 컵을 연필꽂이로 삼았다. 책상은 자연스럽게 깔끔해졌다.

한국에 와서도 마찬가지였다. 연필꽂이나 책상 위 정리함 같은 것은 더 이상 필요하지 않다. 식탁 겸 작업공간으로 사용하는 우리 집 책상에는 연필꽂이가 사치이기도 했다. 이제는 그저 필요한 물건을 모두 넣어둔 파우치 하나면 충분하다. A5 사이즈의 항공사 파우치 안에는 각 용도에 맞게 최소한의 것만 넣어뒀다. 책갈피, 펜, 두께가 다른 연필, 샤프, 마스킹 테이프 정도. 거기에 공인인증서가 든 USB와 OTP 카드, 작업할 때 필요한 블루라이트 차단 안경도 넣었다.

필요한 만큼만 가지니 필기구가 책상 위를 차지하는 비율이 10분의 1로 줄었다. 물건을 찾으려 여기저기 뒤적거리느라 시간을 허비할 일도 사라졌다. 필요한 물건은 다 이 파우치 안에 있으니까. 시간을 내서 책상 정리를 해주지 않아도 된다. 따로 비울 것을 찾아내지 않아도 된다. 사용이 끝난 뒤 바로 버리면 끝이다.

필통도 따로 없어서, 나가서 일을 할 땐 그냥 이 파우치를 들고 나간다. 외출 뒤에도 다시 책상 위에 올려두거나, 내 전용 보관함인 텔레비전 수납 장에 넣는다. 간편하다. 쓸 만큼만 갖는다는 것은, 이런 간결한 행복을 맛보게 했다.

화장품도 용도에 맞게 하나씩만

뷰티 유튜버들이 올린 메이크업 튜토리얼 영상을 즐겨 보던 때가 있었다. 화장을 잘 하지도, 자주 하지도 않으면서 매일 같이 사고 싶은 화장품이 넘쳐났다. 그중에서도 나는 아이섀도 팔레트를 좋아했다. 알록달록하고 반짝거리는 예쁜 아이섀도는 자꾸만 내 마음을 흔들었다. 케이스도 예뻐서 소장하고 싶은 욕구가 넘쳤다.

'아, 갖고 싶다!'

'잘 사용해보고 싶다'가 아니다. 그저 갖고 싶었다.

결국 두 개 정도의 아이섀도 팔레트를 샀지만 역시나 잘 활용하지 못했다. 이리저리 아무리 발라봐도 나와는 잘 어울리지 않았고, 메이크업 튜토리얼을 따라 해도 영 어설펐다. 메이크업 전문가도 아닌데, 화장을 잘하려고 연습하기는 귀찮았다. 그만큼 화장하는 것을 즐기지 않는 사람이었다. 결국에는 어린아이가 엄마 화장대에서 화장품을 가지고 노는 것처럼 몇 번 써보고는 서랍에 처박아뒀다. 가끔 아이섀도를 꺼내 사용하기도 했지만, 그때 역시 수많은 색상 중 나와 어울리는 두 가지 정도만 쓸 뿐이었다. 그럴 거면 여러 색이 들어 있는 팔레트가 아니라 원하는 색만 사서 사용하는 게 나았다.

지금의 나는 더 이상 아이섀도를 바르지 않는다. 아이라인도 그리지 않는다. 내가 할 수 있는 만큼만 화장한다. 선크림, 비비크림, 눈썹 펜슬, 립스틱까지 딱 4단계! 5분이면 끝낼 수 있는 간편한 메이크업이기도 하고, 내가 할 수 있는 최대치이기도 하다.

당연히 화장품도 딱 그만큼만 가지고 있다. 화장품 파우치에도 머리끈과 실핀, 립밤, 립스틱, 핸드크림 하나씩만 들어 있다. 어쩌면 외출할 때마다 주머니에 넣어도 되는 정도의 양이지만, 편리를 위해 파우치에 보관해둔다. 외출할 땐 이 파우치 하나만 가방에 쏙 넣으면 되기 때문이다. 평소에 필요한 게 거기 다 들어 있다. 집 안에서도 각각의 물건을 어디에 뒀는지 찾아 헤맬 필요가 없다.

비우기 예찬

과거의 나는 스트레스를 받거나 부정적인 감정들이 휘몰아칠 때마다 주로 먹거나 물건을 샀다. 무엇인가를 채워야만 스트레스가 줄어든다고 믿었으니까.

수년 전 직장생활을 할 때, 내 판단 실수로 거래처에게 피해를 준 적이 있었다. 어처구니없는 실수를 한 스스로에게 너무나 화가 나서 도저히 참을 수 없었지만 스트레스를 빠르게 해소할 방법은 없었다. 그래서 야근 전 무작정 밖으로 나갔고, 평소에는 비싸서 사 먹지도 못했던 케이크 가게로 들어가 예쁜 컵케이크를 다섯 개나 샀다. 그리고 사무실로 돌아와 앉은자리에서 한꺼번에 먹어 치웠다. 컵케이크를 스트레스와 함께 꾸역꾸역 넘겼다.

결과적으로 기분은 나아졌지만 그게 컵케이크 때문은 아닐지도 모른다. 잠깐 찬바람을 맞으며 걸어서 괜찮아진 것일 수도, 나와 달리 번화가에서 활기찬 시간을 보내는 사람들을 보고 마음이 누그러진 것일 수도, 어둡고 차분한 밤하늘이 나를 위로한 것일 수도 있다. 아니면 돈을 썼다는 사실만으로 기분이 나아진 걸 수도 있다.

지금은 스트레스를 받을 때면 반대로 행동한다. 머리가 복잡하거나 문제를 당장 해결하기 어렵다면 당장 일어나서 옷장이든, 창고든, 서랍장이든 비워낸다. 그러면 금세 괜찮아진다.

비우기가 만병통치약이라는 뜻은 아니다. 다만 나는 감정이 앞서는 사람이라서, 부정적인 감정 역시 곱씹으면서 좋지 않은 상황에 점점 더 갇히게 될 때가 많았다. 그럴 때마다 비우기를 한다는 명목으로 내가 가진 물건들을 살피고, 집중하다 보면 어느새 부정적인 감정은 잦아들고 머리와 마음이 정리되는 기분을 느낀다.

집중이 안 될 때도 마찬가지다. 어제와 같은 모습의 옷장인데도 그저 습관처럼 옷들을 살핀다. 그러다 비워낼 것을 찾으면 비워내고, 정리가 필요하다면 정리해준다. 하지만 다시 채워야 할

경우에는 당장 채우려고 하지 않는다. 목적은 채우기가 아니었으니까. 이후 할 일로 돌아오면 다시 집중할 수 있게 된다. 비우기는 돈을 쓰지 않고, 채우지 않아도 나에게 머릿속을 환기해주는 좋은 명약이다. 집중력에 좋은, 비싼 보약 같은 건 더 이상 내게 필요 없다!

삶의 방식을 선택한다는 것은
내 몫의 여행 짐을 싸는 것

그냥 주어진 대로, 흘러가는 대로 살았던 시간이 많다. 누군가를 추월하기 위해 무작정 쫓아가는 삶을 살기도 하고, 군중 틈에서 휩쓸려가다 원치 않는 곳에 서 있게 된 적도 있었다. 물론 대부분 당시에는 최선의 결정이었다. 그 이후에도 셀 수 없이 많은 선택을 하며 살아왔고, 좋지도 나쁘지도 않은 결과로 나는 어쩐지 흐릿한 삶을 살게 됐다. 익숙하고 나쁘지 않은 삶이었다. 그러던 중 처음으로 삶의 방식을 스스로 선택하게 됐다. 바로 미니멀 라이프였다.

미니멀 라이프를 시작한 후, 더는 소비를 즐기지 않게 되어서 조금은 재미없고, 조금은 손이 많이 가고, 번거롭게 됐지만 전에는 몰랐던 가벼운 하루하루를 살게 됐다. 정말 값진 삶이다.

미니멀리스트로서 살기 전까지만 해도 '삶의 방식'이라는 단어가 거창하기도 하고, 다소 어렵게 느껴지기도 했다. 사실 나는 살아가는 데 어떤 방식이 필요하다고 생각해본 적도 없을 만큼 '오늘의 나'에만 집중하며 살았다. 그러다 아주 우연히, 그리고 갑자기 미니멀리스트가 되기로 결정했다. 처음에는 어떻게 해나가야 할지 막막했지만, 무작정 비우기부터 시작하면서 자연스럽게 알게 됐다. 미니멀 라이프는 내 삶에 필요한 것을 채우고, 필요 없는 것을 비우는 과정이었다.

여행 짐을 싸는 것처럼

여행하는 동안에는 나에게 꼭 필요한 물건을 캐리어에 챙기고, 물건이 넘치면 줄인다. 삶의 방식을 꾸리는 것도 마찬가지였다. 살아가는 동안 필요한 물건을 한정된 공간에 넘치거나 부족하지 않게 채워야 했다. 그 전에 내가 가지고 갈 캐리어의 사이즈도 스스로 가늠해보고, 결정해야 했다.

처음에는 욕심을 내서 큰 캐리어를 선택해볼까도 생각했다. 작은 캐리어에는 필요한 물건이 다 들어가지 않을 것 같아서 그랬고, 크면 클수록 훨씬 나은 삶이 될 것 같아서 그랬다. 하지만 내가 가진 물건들이 턱없이 적어서 그 안을 제대로 채우는 데 너무 오랜 시간을 써야 할 것 같았다. 또 캐리어가 크면 클수록 더 무겁고, 힘든 여행이 될지도 몰랐다. 그래서 내가 감당할 수 있는, 적당한 크기의 캐리어를 선택했다.

내가 선택한 캐리어는 이미 물건들로 가득 차 뚜껑이 닫히지 않을 정도였다. 적당히 덜어내고 닫으려 했지만 쉽지 않았다. 나는 작은 것부터 큰 것까지 샅샅이 뒤져가며 필요하지 않은 것들은 과감하게 비워냈고, 그 자리에 다시 필요한 것을 하나씩 채워야 했다. 캐리어를 채우는 일은 아직도 진행 중이지만 서두르지 않기로 했다. 짐 싸는 일은 신중해야 후회가 남지 않는 법이니까.

내가 선택한 번거로운 삶

내가 선택한 것들로 주변을 채우는 인생을 살아가게 됐다. 변하고 있는 삶이 만족스럽지만 가끔은 그런 생활이 번거롭기도 했다. 쓰레기를 줄이고자 익숙한 것들 대신 대안제품을 찾아 사용하는 것도 낯설었고, 비닐 사용을 줄이기 위해 장보러 갈 때마다 이것저것 챙겨가는 것 역시 불편했다. 물때가 자주 끼고 관리가 어렵다는 이유로 식기 건조대 대신 티타월을, 키친타월 사용을 줄이기 위해 행주를 주로 사용하면서 평소보다 빨랫거리가 많아졌다.

뭔가를 살 때도 지나치게 신중해져서 스스로 까다로운 손님처럼 느껴지기도 한다. 그런 불편들이 조금씩 쌓이자 의문이 들기도 했다. 이렇게 한다고 뭐가 달라질까? 하지만 분명 달라진 것이 있었다. 바로 내 삶이다. 불편함은 어느새 익숙함이 됐고, 과거보다는 쓰레기를 적게 만들어내고 있었다. 조금 번거로워졌지만 전보다 편리하지 않을 뿐, 살아가는 데는 문제가 없다. 가벼워진 삶 덕분에 번거로움도, 불편함도 충분히 감당할 수 있다.

나의 삶을 위해서!

미니멀 라이프는 내 삶에 스며들어서 어느새 나를 변화시켰다. 다행히 조금씩 달라지는 나의 인생이 마음에 들고, 변하는 내 모습을 보는 게 즐겁다. 지금 나는 "미니멀리스트예요!"라고 말하고 있지만, 다른 많은 미니멀리스트와는 조금 다른 모습일 수도, 많이 부족할 수도 있다. 하지만 비교할 필요는 없다. 미니멀 라이프든 아니든 내가 원하는 방식으로 살아가는 것이 더 중요하다고 생각하게 됐으니까.

많은 시간이 흐른 뒤에, 나의 삶은 미니멀 라이프라는 말이 무색할 만큼 다른 형태를 띠고 있을지도 모른다. 그래도 상관없다. 그때쯤이면 이미 나만의 단단한 삶의 방식에 맞춰 살아가고 있을 것이다. 그 어떤 이름을 붙이지 않아도 되는, 그 어떤 비교 대상도 없는, 그 어떤 미래도 정해지지 않은 '온전한 나'인 채로!

그래서 집안일이 할 만해졌냐고요?

    퇴근하고 돌아온 남편과 함께 저녁을 먹는다. 갓 지은 따뜻한 밥, 돼지고기가 들어간 카레와 돈가스, 김 그리고 김치가 오늘의 저녁 식사 메뉴다. 이제 나는 카레와 돈가스쯤은 레시피 없이도 뚝딱 만들어내는 사람이 됐다. 손을 씻고 옷을 갈아입은 남편이 식탁으로 음식을 옮겼고, 우리는 곧 식사를 시작했다. 남편은 연신 맛있다고 칭찬했고, 나도 직접 만든 음식에 감탄한다. 지금 이 순간만큼은 식사를 준비한 과정과 시간도, 끝나고 찾아올 집안일도 떠올리지 않는다. 그저 짧은 저녁 식사를 즐길 뿐이다.

    식사가 끝나자마자 깨끗하게 비워진 식기들을 싱크대로 옮겼다. 나는 기분 좋게 콧노래를 부르며 곧장 싱크대 앞에 서서 고무장갑을 꼈다. 그때 "설거지 내가 할게"라고 남편이 말했고, 나는 산뜻하게 수락하고 곧바로 자리를 내어줬다. "부탁해~"라고 대답하면서. 집안일을 혼자서 다 해내지 않아도 된다는 사실을 이제는 안다.

남편은 천연 수세미에 주방 비누를 묻힌 뒤 야무지게 거품을 내고, 기름이 잔뜩 묻은 돈가스 그릇을 벅벅 문지르기 시작했다. 그다음 노랗게 카레 범벅이 된 접시와 김치 그릇도 닦아냈다. 넓은 싱크대에 비해 턱없이 적은 양의 설거짓거리는 10분도 안 되어서 끝났다. 식탁을 닦은 행주를 싱크대에 가져다준 뒤 텔레비전을 잠깐 보고 있는 사이, 남편은 내가 놓고 간 행주까지 빨아서 싱크대에 걸어뒀다.

"설거지 다 했다!"

설거지를 마친 남편의 표정은 그대로다. 기분이 좋지도, 나쁘지도 않은 상태다. 나도 마찬가지였다. 남편이 대신 설거지를 한 덕분에 살짝 기쁘긴 했지만 그렇다고 대단히 신나지는 않았다. 자주 있는 일이니까.

이제 우리는 더 이상 설거지로, 집안일로 다투지 않는다. 이유는 간단하다. 내가 더 이상 집안일을 싫어하지 않기 때문이다.

나는 집안일이 하기 싫어서 미니멀리스트가 되기로 했다. 정말 그 목적 하나였다. 내가 원했던 것처럼 이제 나는 집안일하는 걸 싫어하지 않는다. 물론 하루아침에 달라진 것은 아니었다. 나는 1년 동안 가지고 있는 물건을 줄이기 위해 비워내고, 또 비워내며 노력했다. 똑같은 용도의 물건을 집에 한 개 이상 남기지 않았고, 이왕이면 하나가 여러 역할을 하는 물건을 고르려 했다. 관리하는 데 손이 많이 가는 물건도 선택하지 않았다.

버려지는 쓰레기가 상대적으로 적은 것을 고르고, 오래도록 사용할 수 있는 것을 골랐다. 다시 물건을 채워야 할 때도 같은 기준을 적용했다. 생활에 필요한 만큼만 가지려고 의식하며 물건이 늘어나는 것을 감시했다. 자연스럽게 주방 정리 시간은 짧아지고, 설거지의 양도 줄었다.

집안일하는 습관도 바뀌었다. 과거의 우리는 하루 동안 설거짓거리를 쌓아두고, 저녁 식사 이후 한꺼번에 했다. 사실 요리할 때 생기는 설거짓거리는 몇 개 없다. 재료를 담았던 그릇 하나, 양념을 섞을 때 썼던 숟가락 하나, 도마 하나, 칼 하나. 하지만 그것이 식사 후에 생기는 설거짓거리와 합쳐지면 양이 배로 늘어났다. 물론 설거지 시간도 마찬가지다. 매번 설거지의 양이 많았으니 당연히 집안일이 지치고 싫을 수밖에 없었다.

이제는 컵 하나라도 설거짓거리가 생기면 바로 설거지한다. 미루지 않으니 설거지하는 시간이 줄어든 것처럼 느껴진다(설거지하는 시간을 따져보면 시간 자체가 줄지는 않았을 텐데도!). 설거지를 몰아서 하는 것보다 그때그때 하는 것이 간편하다고 여기게 되니, 이제는 찌개가 끓고 있을 때, 밥을 지을 때 등 짬나는 대로 요리 중 생기는 설거짓거리를 해치우고 있다.

이 방법은 다른 집안일을 할 때도 적용됐다. 청소하는 시간을 정해두지 않고, 잠깐의 틈만 생기면 먼지를 닦거나 청소기로 바닥 청소를 한다. 따로 시간을 내지 않으니까 청소가 스트레스로 느껴지지 않는다. 물론 물건이 줄었기 때문에 청소도 훨씬 간편해졌다. 쓴 물건을 제자리에 두는 것만으로도 청소가 된다. 미루지 않고 집안일을 생활처럼 해내다 보니 그야말로 습관이 되어버려서 그저 하루에 꼭 해야 할 일 중 하나로 느껴진다. 세수나 양치처럼, 설거지와 청소를 한다. 어렵게 대하지 않으니 집안일은 점점 더 쉬워졌다.

물건을 비우는 것도 습관이 되어서 물건이 쌓이려는 낌새만 보이면 이곳저곳을 뒤적거리며 물건들을 비워내고 있다. 그럼에도 여전히 살림은 잘 못한다. 생활에 필요한, 딱 그만큼만 해내려고 하니 '살림력'이 늘지는 않는다. 그것은 아무래도 상관없다. 나는 좋은 아내가 되려고 했던 것도, 멋진 주부로 존경받으려던 것도 아니니까. 단지 나를 감싸고 있는 나의 생활이 조금 더 단순해지고 간편해지기를 바랐을 뿐이었다. 딱 그뿐이었다. 그리고 결국 나는 바라던 대로 살아가게 됐다.

어쩌면 이미 나는 미니멀 라이프의 목표를 이룬 걸지도 모른다. 나의 삶은 하루가 지날수록 간편해지고 있고, 더 이상 나는 집안일을 싫어하지 않게 됐으니 말이다.

내 생각에 미니멀리스트란..

할 일은 끝이 없고, 삶은 복잡할 때

집안일이 귀찮아서
미니멀리스트가 되기로 했다

초판 1쇄   2020년 5월 25일
초판 3쇄   2023년 5월 22일

지은이   에린남

발행인   유철상
편집   홍은선, 정유진, 김정민
디자인   노세희, 주인지
마케팅   조종삼, 김소희

펴낸곳   상상출판
출판등록   2009년 9월 22일(제305-2010-02호)
주소   서울특별시 성동구 뚝섬로17가길 48, 성수에이원센터 1205호(성수동2가)
전화   02-963-9891(편집), 070-7727-6853(마케팅)
팩스   02-963-9892
전자우편   sangsang9892@gmail.com
홈페이지   www.esangsang.co.kr
블로그   blog.naver.com/sangsang_pub
인쇄   다라니
종이   ㈜월드페이퍼

ISBN 979-11-89856-91-5 (03810)
ⓒ2020 에린남